हिन्द पॉकेट बुक्स

हिन्दी की श्रेष्ठ कविताएं

हरिवंश राय बच्चन हिन्दी भाषा के प्रसिद्ध कवि और लेखक थे। उनकी सबसे प्रसिद्ध कृति *मधुशाला* है। भारतीय फिल्म उद्योग के प्रख्यात अभिनेता अमिताभ बच्चन उनके सुपुत्र हैं। हरिवंश राय बच्चन ने इलाहाबाद विश्वविद्यालय में अध्यापन किया। बाद में भारत सरकार के विदेश मंत्रालय में हिन्दी विशेषज्ञ रहे। अनन्तर राज्य सभा के मनोनीत सदस्य। बच्चन जी की गिनती हिन्दी के सर्वाधिक लोकप्रिय छायावादी कवियों में होती है।

आचार्य हज़ारीप्रसाद द्विवेदी
भारतभूषण अग्रवाल
धूमिल
की पुण्य स्मृति में

हिन्दी की श्रेष्ठ कविताएं

हरिवंश राय बच्चन

हिन्द पॉकेट बुक्स
पेंगुइन रैंडम हाउस इम्प्रिंट

हिन्द पॉकेट बुक्स

यूएसए | कनाडा | यूके | आयरलैंड | ऑस्ट्रेलिया | सिंगापुर
न्यू ज़ीलैंड | भारत | दक्षिण अफ्रीका | चीन

हिन्द पॉकेट बुक्स, पेंगुइन रैंडम हाउस ग्रुप ऑफ़ कम्पनीज़ का हिस्सा है,
जिसका पता global.penguinrandomhouse.com पर मिलेगा

पेंगुइन रैंडम हाउस इंडिया प्रा.लि.,
चौथी मंजिल, कैपिटल टावर 1, एमजी रोड,
गुरुग्राम 122002, हरियाणा, भारत

पेंगुइन
रैंडम हाउस
इंडिया

प्रथम हिन्दी संस्करण हिन्द पॉकेट बुक्स द्वारा 1981 में प्रकाशित
यह हिन्दी संस्करण हिन्द पॉकेट बुक्स में पेंगुइन रैंडम हाउस द्वारा 2022 में प्रकाशित

10 9 8 7 6 5 4 3 2

इस पुस्तक में व्यक्त विचार लेखक के अपने हैं, जिनका यथासंभव तथ्यात्मक सत्यापन किया गया है, और इस संबंध में प्रकाशक एवं सहयोगी प्रकाशक किसी भी रूप में उत्तरदायी नहीं हैं।

ISBN 9789353494247

मुद्रक : मणिपाल टेक्नॉलजीस् लिमिटेड, भारत

www.penguin.co.in

FSC
www.fsc.org
MIX
Paper | Supporting responsible forestry
FSC® C043100

This is a legitimate digitally printed version of the book and therefore might not have certain extra finishing on the cover.

पाठकों से

'हिन्दी की प्रतिनिधि श्रेष्ठ कविताएँ : 1978' के बाद अब यह दूसरा संकलन—इस क्रम की दूसरी पंखुरी—आपके हाथों में है, जिसमें सन् '78-'79 के दौरान सामने आई कुछ श्रेष्ठ और प्रतिनिधि कविताएँ मैंने चुनी हैं। विशेष प्रसन्नता की बात मेरे लिए यह है कि पिछला संकलन जहाँ कवियों-समीक्षकों द्वारा सराहा गया, वहीं पाठकों ने भी उसे अपनाया।

तब मैंने आशा की थी कि 'भविष्य में ऐसे संकलन मुझसे अधिक अधिकारी संकलनकर्ताओं द्वारा प्रस्तुत किए जा सकेंगे।" वह आशा इस अर्थ में अवश्य पूरी हुई कि गत दो वर्षों की अवधि में अनेक पत्रिकाओं के कवितांक निकले और संपादित संकलन भी छपे लेकिन इस तरह के संकलन की कोई अन्य योजना कम-से-कम मेरी जानकारी में नहीं बनी। यों भी, हिन्दी कविता जिस गति से और जितनी धाराओं में प्रवाहित हो रही है, उसे देखते हुए, विभिन्न दृष्टियों-रुचियों का परिचय देने वाले एकाधिक वार्षिक संचयन छापे जा सकते हैं।

जहाँ तक इन कविताओं का संबंध है, श्रेष्ठता की कसौटी अपनी रुचि-प्रकृति को मानते हुए, प्रतिनिधित्व को भी चुनाव का आधार मैंने इसलिए बनाया ताकि संपादक की रुचि और समसामयिक रचना के बीच सामंजस्य बना रहे। संभव है, इसी दृष्टिकोण के कारण कुछ ऐसी रचनाएँ भी आ गई हों, जो ठीक-ठीक मेरी रुचि की न होकर भी प्रतिनिधित्व की कसौटी पर खरी उतरती हैं। बहरहाल, स्तर की एकरूपता बनाए रखने के लिए मैंने अपनी रुचि तथा दृष्टि में संतुलन भी बिठाना चाहा है।

वैसे तो हिन्दी में 'किसिम-किसिम की कविता' लिखी जा रही है और जीवन की विसंगति को असंबद्ध रीति से व्यंजित करनेवाली कविताओं की बहुतायत दिखती है, लेकिन चूँकि इस तरह के संकलनों का मुख्य उद्देश्य कविता के प्रति सामान्य पाठकों को उन्मुख करना है, इसलिए,

यथासंभव, मैंने वे कविताएँ चुनी हैं जो छोटी, स्पष्ट और सुबोध हों, जिनमें अन्विति और एकसूत्रता हो। मेरे मन में हिन्दी के वे शिक्षित पाठक हैं, जिन्हें न सम्मेलनी कविता ठीक-ठीक संतुष्ट कर पाती है, न पुस्तकीय कविता। भावातिशयता के लिजलिजेपन और बौद्धिक अतिशयता के रूखेपन से बचते हुए, प्रस्तुत संकलन की रचनाएँ यदि अपनी सहजता, स्वाभाविकता और खुलेपन के नाते पाठकों की ज़रूरत पूरी कर सकीं, तो मैं पिछली बार वाला अनुरोध दोहराना चाहूँगा कि : "हमें अपने कवियों में विश्वास हो तो हमें उन विषयों में रुचि लेना ही चाहिए, जिनको उन्होंने अपने चिन्तन-मनन-अभिव्यक्ति का विषय बनाया है। वास्तविकता तो यही है कि हम कवियों की दृष्टि से ही उन बहुत-सी चीज़ों की ओर ध्यान देते हैं, उनका महत्त्व समझते हैं, जिनको अपनी दृष्टि से सामान्य अथवा नगण्य समझकर हम अनदेखा कर देते हैं।"

स्पष्ट ही, ये कविताएँ इससे पहले कहीं-न-कहीं ज़रूर छप चुकी हैं। इनके यहाँ संकलन का मूल आधार ही है : पिछले दो वर्षों के दौरान इनका पुस्तक अथवा पत्रिका में प्रकाशन। मुझे तो उम्मीद है कि इनमें से अनेक कविताएँ अभी और भी कई बार छपकर सामने आएँगी। तभी तो वे बार-बार पढ़ी जा सकेंगी। सच तो यह है कि इसी पद्धति से कविता जनमानस में पहुँचती है। पिछले दिनों कविता-पोस्टरों, साइक्लोस्टाइल प्रकाशनों और नुक्कड़ कार्यक्रमों का प्रसार एक शुभ लक्षण है। समूह माध्यमों वाले इस युग में कविता न सीमित-विशिष्ट रुचि के संकीर्ण घेरे में सिमटकर घुट जाय, न बिलकुल सस्ती और बिकाऊ हो जाय, इसके प्रति सचेत रहना होगा। विशिष्टता और लोकप्रियता कविता के दो सुन्दर गुण हैं, उन्हें कुत्सित अतिवाद से बचाए रखना ज़रूरी है।

बहरहाल, मुख्य रूप से जिन पाठकों के लिए यह संकलन हुआ है, उनकी दिलचस्पी तो कविताओं में है, बहस में नहीं। इसलिए, उनके वास्ते कविताएँ मौजूद हैं—इस टिप्पणी के साथ कि आज की कविता को आज की बहस से पूरी तरह अलग नहीं किया जा सकता, यहाँ तक कि उन कविताओं को भी, जो, फिलहाल, बहस से परे मालूम होती हैं।

जहाँ तक अवधि का संबंध है, सन् '77 की समाप्ति से लेकर सन '80 के आरम्भ तक—दो-ढाई वर्षों के दौरान सामने आई कुछ ऐसी कविताएँ मैंने चुनी हैं, जो इस उम्मीद के नज़दीक नज़र आई हैं कि कविता की कोई उम्र नहीं होती, वह एक वक्त की होकर भी उस वक्त से आगे जा सकती है। हमारी पहुँच, जानकारी या समझ की

सीमाओं के कारण—अथवा संपर्क न हो पाने के कारण—यदि कुछ महत्त्वपूर्ण कवि और कविताएं यहां संकलित न हो पाए हों, तो, क्षमा-प्रार्थना के अनन्तर, हमारी कामना यही होगी कि पाठकगण काव्यान्वेषण की अपनी निजी यात्रा पर अग्रसर हों।

पिछली भूमिका में, तत्कालीन राजनीतिक परिस्थिति का कुछ ज़िक्र करते हुए, मैंने लिखा था कि जीवन की समस्याएँ केवल राजनीति की समस्याएँ नहीं होतीं। अंतर्राष्ट्रीय महिला वर्ष और अंतर्राष्ट्रीय बाल वर्ष जिस तेज़ रफ्तार से गुज़र गए, उससे लगता है कि बहुतों के लिए जीवन की समस्याएँ केवल आयोजन की समस्याएँ हैं। इसके बावजूद, हाल में, बच्चों को लेकर इतनी अधिक कविताएँ हिन्दी में पढ़ने को मिलीं—कुछ तो यहाँ भी मौजूद हैं—कि मानना होगा, साहित्य की समस्याएँ बुनियादी तौर पर जीवन की समस्याएँ होती हैं। कुछ इसी तरह की बात स्त्री-परिवार तथा प्रेम जैसे विषयों पर लिखी कविताओं के बारे में भी कही जा सकती है।

रहा क्रम, तो अकारादि या वरिष्ठता-क्रम की अपेक्षा ढीले-ढाले भावानुक्रम में कविताओं को रखना बेहतर मालूम हुआ है। रचनाएँ कहीं थोड़ा सहेजकर तो कहीं थोड़ा बिखेरकर प्रस्तुत हैं। आरोह या अवरोह की एकतानता की जगह, ध्यान इसपर रहा है कि संकलन को आप कहीं से भी छुएँ, स्पन्दन हो और झंकार उठे।

'हिन्दी की प्रतिनिधि श्रेष्ठ कविताएँ : दूसरी पंखुरी' के चयन और संपादन में मैंने अपने प्रिय शिष्य और मित्र श्री अजितकुमार का सहयोग लिया है। वर्षों तक मेरे निकट संपर्क में रहने के कारण वे मेरी काव्यरुचि को पहचानते हैं और मैं भी उनकी काव्यरुचि से अपरिचित नहीं हूँ। इसी कारण, हमारी रुचि के क्षेत्र में प्रायः समता रही है। जिन अन्य बन्धुओं से इस संकलन को बनाने में सहयोग मिला, उनमें डॉ० धर्मवीर भारती, डॉ० वचनदेव कुमार, डॉ० नरेंद्र वशिष्ठ और श्री दिविक रमेश के प्रति मैं विशेष कृतज्ञ हूं। अनुमति के लिए मैं सभी कविबन्धुओं के प्रति अपना आभार व्यक्त करता हूं।

मुझे आशा है कि पाठकों से प्रोत्साहन मिलने पर, वार्षिक अथवा द्विवार्षिक संचयन नियमित रूप से निकलते रह सकेंगे। वैसे भी, हिन्दी कविता के लिए अत्यंत महत्त्वपूर्ण यह दशक अब समाप्त होने को है। मेरी इच्छा यह है कि पूरे दशक की उपलब्धियाँ भी एक संकलन के रूप

में प्रकाशित हों। इन दिनों हम उसे तैयार करने में संलग्न हैं। पाठकों और कविबन्धुओं से विनम्र अनुरोध है कि इस विषय में अपने सुझाव और सामग्री मेरे या श्री अजितकुमार (पता : जी-6, माडल टाउन, दिल्ली-6) के पास भेजने की कृपा करें।

अन्त में, मैं श्री दीनानाथ मलहोत्रा को भी धन्यवाद देना चाहूँगा। उनके उत्साह और आग्रह से ही यह शुभकार्य संपन्न हो सका है।

—बच्चन

‘प्रतीक्षा’
10वीं नार्थ-साउथ रोड,
जुहू-पारले स्कीम,
बंबई-400046

क्रम

•

—शमशेर बहादुर सिंह

ताज

क्या कभी उड़ जायगा यह
संगमर्मर में समाया हुआ प्यार
ज़िन्दा
प्यार का मौसोलियम् ज़िन्दा

नहीं
अपना हृदय है इतिहास
अपना ताज रौज़ा
आत्मा का हास
यह संगमर्मर
स्वप्न की उत्कृष्ट
प्राप्ति

मैं उसी में दफ़्न हूँ
जो तारकों की झिलमिली से झाँकता हूँ
व्योम के मौसोलियम् में

ताज उसका अमर नग दर्पण
मैं उसी में झाँकता हूँ हूँ
अनन्त तक
शाहजहाँ मैं
हृदय में नग आत्मा
मुमताज़ के
जो तुम

पाब्लो नेरूदा !

एक

मैं निछावर हूँ तुम पर, नेरूदा !
उस पर भी यह महज़
चार दाने चावल के हैं
तुम्हारी प्रतिभा की उत्तुंग
शुभ्र पर्वत वेदी पर !

मैं अपनी छोटी सी नौका छोड़ देता हूँ
तुम्हारे सात समन्दरों के ऊपर !

वह भटकेगी
कुछ अर्से शायद !
मगर वह
खोयेगी नहीं
कभी !
इतना तो पूरा विश्वास है।

दो

तुम्हारे साथ
विश्व व्याप्ति में समा जाने की
एक धड़कन यह
मेरी एकान्त मानव धड़कन यह
कैसी है ?

प्रेम और मनुष्य और पर्वत
और सागर का
यह पार्थिव यथार्थ

टकराव तुमुल
संघर्ष

एक निरन्तर आन्तरिक
सम्मिलन की उपलब्धि
की ओर।

सहव्याप्ति का यह क्षण
मेरे अन्दर जो यह
अपनाव तनाव का
एक ही यथार्थ

वही तो हो
तुम हमारे नेरूदा !

केदारनाथ अग्रवाल—

कविता की ज़रूरत

अँधेरा फाड़कर
रात को तिरोहित कर देने का काम ही नहीं
वरन्
सृष्टि की समग्रता को
धूप के पारदर्शी आईने में
उजागर कर देने का काम भी
सूरज करता है
और ऐसे ही
समर्थ और साहसी सूरज को
—उसके ताप - दाप और प्रकाश के साथ—
शब्दों में बिम्बित करने का काम
कविता करती है
जो आदमी की बनाई हुई
उसी की सही पहचान होती है
और उसी की
सम्बद्धता और सम्पृक्तता का
सारगर्भित मौलिक व्यान होती है,
दिक और काल भी जिसमें समाहित रहते हैं—
मानवीय निरंतरता में
प्रगल्भित और प्रवाहित रहते हैं।
इसीलिए तो
आदमी को कविता की ज़रूरत है
और कविता को आदमी की ज़रूरत है।

कुछ भी नहीं मौत

नहीं,
          कुछ भी नहीं है मौत !
अब भी हाथ हैं हाथ,
मौत का मुँह तोड़ देने वाले हाथ।
नहीं,
          कुछ भी नहीं है मौत !
अब भी पाँव हैं पाँव,
मौत का दिल रौंद देने वाले पाँव।
नहीं,
          कुछ भी नहीं है मौत !
अब भी आँख है आँख,
मौत को भस्म कर देने वाली आँख।
नहीं,
          कुछ भी नहीं है मौत !
अब भी साँस है साँस
मौत को साँस देने[1] वाली साँस।

1. साँसना-डाँटना

नरेन्द्र शर्मा—

क्या कहूँ ?

जी लिया, पर यों जिया—जीना न जाना, क्या कहूँ ?
यों जिया ज्यों किया जीने का बहाना, क्या कहूँ ?
मैं न तो अपना हुआ, अपना न तो माना गया—
तन कभी, तो मन कभी मेरी न माना, क्या कहूँ ?
नित्य मर-मर कर निरंतर नित नया बनता रहा;
हो न पाया नित्य से नित लौ लगाना क्या कहूँ ?
आप ही अपना अहेरी बन गया बनवास में—
मैं धनुष हूँ, बान हूँ, मैं ही निशाना, क्या कहूँ ?
क्या न मैं कुछ और भी हूँ, सिवा अपने आप के ?—
है उसे पाना, स्वयं को भूल पाना, क्या कहूँ ?

जीव जिसका बीज, उसके योग्य यह जीवन नहीं ;
हो न पाता मुँह दिखाना मुँह छिपाना, क्या कहूँ ?
एक उसकी साध है, अपराध सौ मैंने किए ;
चाहता शिशुपाल फिर-फिर सिर कटाना, क्या कहूँ ?
आ, सुदर्शन चक्र, जब तक दृष्टि है, दर्शन मिलें—
अन्यथा होगा कहाँ मिलना-मिलाना, क्या कहूँ ?
चक्र मेरी विमुखता का पूर्ण हो प्रारंभ में—
अंतरा को टेक पर है सिर टिकाना, क्या कहूँ ?
है न कोई और मुझ को ठौर, मुझको ज्ञान है ;
ज्ञान कहता है कि कवि का क्या ठिकाना, क्या कहूँ ?

—अज्ञेय

उसके पैरों में बिवाइयाँ थीं

उसके पैरों में बिवाइयाँ थीं
उसके खेत में सूखे की फटन
और उसकी आँखें
दोनों को जोड़ती थीं।

उसके पैरों की फटन में मैंने मोम गला कर भरी।
उसकी ज़मीन में मैं अपना हृदय गला कर भरता हूँ,
भरता आया हूँ। पर जानता हूँ उसे पानी चाहिए
जो मैं ला नहीं सकता।

मेरे हृदय का गलना उसके किस काम का ?
तब क्या वह मेरा पाखंड है ?
यह मेरा प्रश्न मेरे पैरों की फटन है
और मेरी ज़मीन की·····

नागार्जुन—

बदलियाँ

पवन ने बहका लिया था
मेघ-कुल की पुत्रियाँ हैं।
—बदलियाँ हैं !

बरस पड़ना कहीं पर भी
भिंगो देना किसी को भी
—दुआ इनसे माँग लो !
अजी इनको ऽऽ
—खूँटियों पर टाँग लो !
—बदलियाँ हैं !

ओफ़, इनसे क्यों डरे हो ?
—कहाँ इनमें बिजलियाँ हैं !
अरे, ये तो ऽऽ
—बड़ी भोली बदलियाँ हैं !
—बड़ी सादी बदलियाँ हैं !
अजी, इनको ऽऽ
—खूँटियों पर टाँग लो !
बरस पड़ना कहीं पर भी
भिंगो देना किसी को भी
—दुआ इनसे माँग लो !

तैर आएँ कब किधर को
कब किधर को खिसक जाएँ
क्या पता˙˙˙बस, मौज इनकी !
बताऊँ भी !

ज़रा तो बदनाम है ही फ़ौज इनकी !
मगर, यूँ तो, मेघ-कुल की पुत्रियाँ हैं !
पवन ने बहका लिया था, बदलियाँ हैं !
—दुआ इनसे माँग लो···
—खूँटियों पर टाँग लो···

बन्धु

बन्धु, तुम धन्य हो !
अनुपम हो, अनन्य हो !
इतना अधिक आत्ममंथन
इतना अधिक कथित कथन, रोमन्थन
मन ही मन मस्सों से
इतनी अधिक सूखी खीलें निकालना
इतनी देर इतनी देर देखते रहना दर्पण
इतना अधिक दोहन स्वगत अनुभूतियों का
इतनी अधिक फेनिल जुगालियाँ—
नातिचिर पुरातनी स्मृतियों की···
इस प्रकार आलोड़न, आम्रेड़न
वैयक्तिक व्यथाओं के···
यह सब मुझसे तो न होगा
न, न नहीं होगा यह सब मुझसे तो !
न उतना धीरज है
न वो शऊर है
यह सब मुझसे न होगा—हाँ, हाँ, नहीं होगा मुझसे
तुम्हीं से सधता है यह सब
सधता रहा है हमेशा
इसी से तो मानता आया हूँ तुमको अपना अग्रज
बन्धु, तुम धन्य हो !
निरुपम हो, अनन्य हो ! !

गिरिजाकुमार माथुर—

समय के ढेर पर

व्यर्थ गया है जीवन
इतने सारे वर्षों में
सिर्फ़ असमर्थता का
ढेर - ढेर कूड़ा ही इकट्ठा हुआ
अधूरा रुका है वक़्त
और यह देह सिर्फ़ आधी साँस लेती है

हर सेकेंड को टोककर
ज़ोर से डंक मारतीं
बड़ी-बड़ी सुइयों वाली घड़ियाँ
निहाई पर चलते हुए
रक्त बूँदों के रिबन
हर बूँद पर पड़ता है
पलों का हथौड़ा
ठन होती है घड़ी की आवाज़
कुचल जाता है एक और मिनट

एक और असार्थक दिन
मुझे डर लगता है
हर तेज घड़ी की आवाज़ से
सन्नाटे में
एक सेकेंड और बिन चीखे मरता है
मेरी उम्र पर लगातार कोई एक छाया-पाँव धरता है

मैं विवश बँधा हूँ
इस सारे परिवेश से
मेरी निरंतर लड़ाई है / काल और देश से

कंकाल चेहरों वाले
चारों तरफ़
डायल ही डायल हैं
हड्डियों की टक्-टक्
और मैंने अपने आस-पास
एक मनमानी अनंतता रोप ली है
काल की धारा छिपाकर
एक टूटती देह में क़ैद की है।

सम्मोहन के अकेले आभास

—जहाँ से यह नैनसुख आसमान नीला है
जहाँ से यह फिरकनी हवायें बेफिक्र चलती हैं
जहाँ से चुपचाप चंद्रमा निकलता है
जहाँ से जंगल की सुनसान स्याही में
सितारे बड़े-बड़े
हाथ टँके लगते हैं
जहाँ से ये सारे लुभावन फूल खिलते हैं
जहाँ से हर साँस ताज़गी से धोती है
खुशबुएँ उकसती हैं
जहाँ से पौधे अपनी अलग गंध लेते हैं

—जहाँ से बच्चे को भोला अचंभा
अचीन्हीं सपनों वाली नींद मिलती है
जहाँ से आँखों को जादू
चेहरों को रूप का खिंचाव
वक्ष को भराव
आदमी को पौरुष की आस्था

औरत को बाँहों की नरम ऊष्मा
कोख को भिगोता
ममता का कामरस
देह को अनोखा सम्मोहन मिलता है

—जहाँ से यह बादल
काले कोरे घड़े भर लाते हैं
खाली कर जाते हैं
जहाँ से अपना-अपना हिस्सा माँग लेने पर
पत्ते गुमसुम झर जाते हैं
जहाँ से इस बेजान मिट्टी में
जीवन की बिजली
सहसा दौड़ जाती है
हर आने वाले कल को
आज खींच लाती है

—उन सारी अज्ञात, अद्वितीय, अनाहूत जगहों पर
अलौकिक क्षणों पर
मैं बँट-बँटकर पहुँचा हूँ
जब भी, जहाँ भी वह होते हैं, होंगे
मैं वहाँ आनत हूँ
सहज ही समर्पित हूँ।

—त्रिलोचन शास्त्री

दो सानेट

एक

छूट छूट कर भी कविताओं की रंगीनी
इतनी रह ही जाती है जो चीज़ सामने
आँखों को न पकड़ पाती है, वही थामने
लगती मन को। कवि को कड़वी घूँटें पीनी
पड़ती हों चाहे जितनी पर कविता उसकी
कहाँ दिखा पाती है वह तीखी कड़वाहट
जो उसकी नस-नस में है। मन में चिल्लाहट
चिन्ताओं की जो है नहीं चाय की चुस्की
है वह। हल्के-फुल्के मन से पढ़ा, बढ़ गये,
कहा, बतंगड़ किया बात का इसने, इसको
ज्ञात नहीं होनी-अनहोनी, किसको किसको
लिखना, किसको नहीं, कूद आकाश चढ़ गये।
कवि का जीवन उसकी कविता एक, नहीं दो
धूप - छाँह का मेल मिलेगा जहाँ कहीं हो।

दो

सोचा था मन ही मन यह गाऊँ वह गाऊँ,
जो स्वर निकला देखा, उसमें गान नहीं था।
कैसे, क्या हो गया, तनिक भी ध्यान नहीं था
मुझे। आ गया सकते में। सोचा अब जाऊँ
किस पथ से। गायकों की अलग राह गयी है।
चरण चले चल पड़ा। ठहर कर पीछे देखा।

चिह्न चिह्न में गीतों की प्रकाशमय रेखा
उभर उठी है। समझा यह तो बात नयी है।
गीतों में यह बात नहीं थी इससे पहले।
प्रिय था और प्रिया थी। उस वियोग का भय था।
जो प्रेमियों को हुआ करता था। न उदय था
जिसमें सुख का। जड़ चेतन रहते थे दल्ले।
बदल गयी है इधर गान की पहली धारा।
फूल फूल दोनों में ही जीवन है प्यारा।

—भवानीप्रसाद मिश्र

चार कौए उर्फ़ चार हौए

बहुत नहीं थे सिर्फ़ चार कौए थे काले
उन्होंने यह तय किया कि सारे उड़ने वाले
उनके ढंग से उड़ें, रुकें, खाएँ और गायें
वे जिसको त्यौहार कहें, सब उसे मनायें।

कभी-कभी जादू हो जाता है दुनिया में
दुनिया भर के गुण दिखते हैं औगुनिया में
औ' औगुनिये चार बड़े सरताज हो गए
इनके नौकर चील, गरुड़, बाज़ हो गए।

हंस, मोर, चातक, गौरैये किस गिनती में
हाथ बाँधकर सब खड़े हो गए विनती में
हुक्म हुआ, चातक पंछी रट नहीं लगाएँ
पिऊ-पिऊ को छोड़ें कौए-कौए गाएँ—
बीस तरह के काम दे दिये गौरैयों को
खाना-पीना मौज उड़ाना छुटभैयों को।

कौओं की ऐसी बन आई पाँचों घी में
बड़े-बड़े मंसूबे आए उनके जी में
उड़ने तक के नियम बदलकर ऐसे ढाले
उड़ने वाले सिर्फ़ रह गए बैठे ठाले।

आगे क्या हुआ, सुनाना बहुत कठिन है
यह दिन कवि का नहीं चार कौओं का दिन है
उत्सुकता जग जाए तो मेरे घर आ जाना
लंबा क़िस्सा किस तरह सूने में सुनाना !

धर्मवीर भारती—

कदम पोखर

ऊपर कदम तरु पर
बाँसुरी बजाते तुम जब ढलती दोपहर
स्वर ऊपर खिंचता हवाओं को खनकाता
शामघुली अलसाई जमुना के आरपार
पगडंडी, गांव-गली, घर-आँगन लहराता
सुर-नर-मुनि, जड़-चेतन सब पर करता टोना

नीचे में पोखर
कदम तरु के तले एक कच्ची तलैया भर
मैं क्या भला वंशी स्वर को पकड़ पाता ?
मुझको मिला सिर्फ़ तुम्हारी जलछाया का भार
क्षणभंगुर साया जो दिन ढलते खो जाता
रह जाता मैला जल फैला कोना कोना

वंशी पर तुमने जो भी जादू गाया हो
पर,
कसम धरा लो जो मैंने कुछ पाया हो !

बँधती होगी जमुना की धारा वंशी से
यहाँ तो हमेशा से बँधा हुआ पानी है
कीचड़ है, काई है, सड़े-गले पत्ते हैं
गंदे जल साँपों की रेंगती निशानी है

होगी कोई राधा जो खिंच आती होगी
सम्मोहित गति, खिसका आँचल, अधखुल पायल
मुझमें तो केवल कुछ थकी हुई लहरें बस
अपने से टकरातीं अपने से ही घायल

ऊपर मेरे तट पर
बजता रहा वंशी-स्वर
करता रहा सुर-नर-मुनि, जड़-चेतन पर टोना
नीचे में पोखर
रहा ज्यों का त्यों कीचड़ भर
व्यास को जो दिखा नहीं
सूर ने जो लिखा नहीं
सारी लीला में प्रभु ! बिल्कुल निरर्थक रहा मेरा
कदम-तले होना, न होना !

सर्वेश्वरदयाल सक्सेना—

मृत्युदंड

यदि तुम्हें साँप काटता है
तो तुम साँप को मार सकते हो,
यदि आदमी काटता है
तो तुम आदमी को नहीं मार सकते।
ज़हरीले आदमी पर तुम थूक सकते हो
सब मिलकर उस पर थूक सकते हो
यही उसकी मौत है
लेकिन उसे लाश बनाकर
किसी एक को भी थूकने का हक़ उस पर नहीं है।

क्योंकि इससे ज़हर नहीं मरता
आदमी मरता है
और उसके साथ-साथ तुम भी मरते हो —
तुम जिसने उसे मारा है
जो खुद को समाज का अंश कहते हो।

साँप को मारते ही
तुम साँप में नहीं बदलते
आदमी को मारते ही तुम
साँप में बदल जाते हो
ज़हर ख़त्म करने के नाम पर
ज़हर फैलाते हो।
समाज का एक बहुत बड़ा अंश
सीखता है दंश, दंश, केवल दंश
और एक तुमसे
करोड़ों साँप बिलबिलाने लगते हैं।

बढ़ने लगता है उनका वंश
वंश, वंश, केवल उनका वंश

ज़हरीले आदमी से छुटकारे के लिए
फिर तुम क्या करो ?

पहली बात, उससे मत डरो,
खुद में आत्मविश्वास भरो,
सबके साथ एक समुद्र बन उभरो, उभरो, उभरो !
ऊभ-चूभ उभरो।

जब तुम इस तरह लहराओगे,
तब उसे खुद अपनी पूँछ पर घूमता हुआ देखोगे
और उसका ज़हर मरा हुआ पाओगे।

चिड़िया

जितनी रंगीन चिड़ियाँ थीं मुझमें
सब उड़ गयीं
जाने किन तरुओं गिरि-शिखरों से
जुड़ गयीं

सूना नहीं हूँ मैं फिर भी ओ चितेरे,
राग बनकर के
सब मुझमें ही निचुड़ गयीं।

रमानाथ अवस्थी —

हरसिंगार

महक रहा है हरसिंगार
जैसे पहला-पहला प्यार

जाग रही है गंध अकेली
सारा मधुबन सोता है
किया नहीं जिसने क्या जाने
प्यार में क्या-क्या होता है
रातें घल जाती आँखों में
दिन उड़ जाते पंख पसार

बार-बार कोई पुकारता
रह-रहकर अमराई से
अपना पता पूछता हूँ मैं
अपनी ही परछाईं से
कोई नहीं बोलता कुछ भी
मौन खड़े सारे घर-द्वार

फूलों के रंगीन शहर में
खुशबू अब तक अनब्याही
कोई कली किसी काँटे की
बाँहों में है अनचाही
मजबूरी ने तोड़े अनगिन
इच्छाओं के बंदनवार

राहों - राहों आग बिछी है
झुलसी झुलसी छायाएँ

हर चौराहा धुवाँ-धुवाँ है
घर तक हम कैसे जाएँ
कब तक खाली जेब लिये मैं
देखूँ भरा - भरा बाज़ार

करूँ शिकायत कहाँ दर्द की
हर दरबार यहाँ झूठा
नये ज़माने में कुछ भी हो
पर इंसान बहुत टूटा
बाहर - बाहर मुस्कानें हैं
भीतर - भीतर हाहाकार
महक रहा है हरसिंगार
जैसे पहला-पहला प्यार

विनय

भूलो मुझे नहीं / चाहे रहो कहीं
मरते और जीते / अनगिन दिन बीते / हो न सके पूरे /
अरमान अधूरे

विपदा बहुत सही / भूलो मुझे नहीं
हँस-हँस मैं रोया / चैन से न सोया / क्या कुछ सहा नहीं /
लेकिन कहा नहीं

आँखें बहुत बहीं / भूलो मुझे नहीं
तैर रही सागर / जीवन की गागर / दो इसे सहारा /
दूर है किनारा

मेरी विनय यही / भूलो मुझे नहीं

वीरेन्द्रकुमार जैन —

दूरी और सामीप्य

हमारे बीच
सिर्फ एक मील की दूरी है :
उस छोर, 'सन्ता-मेरिया' के अपने कमरे में
तुम सोयी हो अपनी शैया में अकेली :
इस छोर 'विले-वर्जीनिया' के
अपने शयन-कक्ष में
मैं जाग रहा हूँ
अनेक आस-पास सोयों के बीच
तुमसे भी अधिक अकेला···!

और मझरात के इस निस्तब्ध प्रहर में
और एक मील की दूरी, अनंत हो उठी है···!
और तुम्हारा वह शैया-शयित अंतिम एकाकीपन
हो उठा है कितना उजागर,
मेरी आत्मा के भीतर,
अंतरिक्षों के ऊपर।

क्या तुम सचमुच ही इतनी अकेली हो
कभी भी, कहीं भी,
जितनी इस पल लग रही हो ?
और मैं···? इससे अधिक अकेला
इससे पहले मैं कभी नहीं हुआ···
···और अकस्मात्
अभेद्यता का एक शीशा
हमारे बीच से तड़तड़ाकर टूट गया !
देशकालातीत अगोचर में से

औचक ही सुनाई पड़ा :
'कभी कहीं भी तुम अकेली नहीं हो, ओ आत्मन् !
कभी कहीं भी मैं अकेला नहीं हूँ, ओ मेरी अंतरतम !
यह एकाकीपन है, निरा देशकाल-जनित एक भ्रम !'
सच ही, देखो न,
तुम्हारे कमरे में फैली नाइट-लैम्प की
बहुत महीन हल्की रोशनी की
नीली उँगलियों से
मैं तुम्हें सहला रहा हूँ··· !

हमारे बीच फैले इस शून्य की
अगाधता में
मैं तुम्हें अपने भीतर समाये ले रहा हूँ।
दूर-पास अलक्ष्य में फैले
झाड़ों और वनस्पतियों की
उच्छ्वसित रात्रिगंध में
मैं तुम्हारी साँसों को महसूस रहा हूँ।

बेशुमार दूरियों को सामीप्य में अपसारित करते
इन समस्त लोकगामी बिजली के तारों की
अविरल झंकृतियों में
मेरा रक्त,
तुम्हारी रक्त-वाहिनियों में अभिसरित हो रहा है··· !

इस सन्नाटे के प्रसार में
विकल भटकती चली जा रही मेरी चेतना
तुम्हारे ओढ़े लिहाफ की ऊष्मा हो उठी है !
मीलों की दूरियों में आर-पार चली गयीं
इन चमचमाती रेल की पटरियों
के ठंडे फौलाद में
मेरी बाँहें तुम्हें अंतिम आलिंगन में
कवच-बद्ध किये ले रही हैं !

कहीं दूर किसी झाड़ की कोटर में
सुग-बुगाकर एकाएक बोल उठे पंछी-मिथुन
की विरल विह्वल ध्वनि में होकर
मैं तुम्हारे शयित अंगांगों में
निविड़ गुंफित हो गया हूँ।

मेरे चित्त की चिंताकुल कुंडलिनी
एकाएक जागकर फनकार उठी :
मध्यरात्रि के इस घन निविड़ अंधकार में
सरसराती हुई
वह तुम्हारे मुखड़े के आस-पास
तुम्हारे तकिये पर छाये विपुल केशपाशों में
डूबकर सुगंध-मूर्च्छित हो गयी है !
और मैं अनायास
अपनी सुषुम्ना नाड़ी की सुखशैया में
आत्म-संविलीन हो गया हूँ !

क्षितिज के नीड़ में अगोचर बैठे
गरुड़ की आँख से
मैं तुम्हें अपने शरीर से भी
समीपतर के सामीप्य में
देख रहा हूँ, महसूस रहा हूँ।

रात की इस अथाह निस्तब्ध शांति में
दूर के समुद्र के
अतल में पड़े शंख के भीतर
गुंजित
तुम्हारी आत्मा के अनहद नाद में
मैं निर्वाण पा गया हूँ !

—रामदरश मिश्र

मुहावरे

मैंने उससे कहा था—
'आप अजीब हैं
आप पर पत्थर गिर रहे हैं
और आप हँस रहे हैं !'
उसने कहा—
'आप कैसे बावरे हैं
देखते नहीं
ये पत्थर नहीं, पत्थरों के मुहावरे हैं !'

लोकराम मर गया

हाय, लोकराम बेमौत मर गया
कमबख्त
तुझे किसने कहा था
कि फुटपाथ पर सोकर एक बड़ा-सा सपना देख
जानता नहीं था कि
यह एक सामाजिक अपराध है !

केदारनाथ सिंह —

दोपहर

कविता की एक पंक्ति
दब गई है
धूप और पत्तों की बातचीत में

चढ़ते हुए सूरज
और ढाल में उतरते हुए आदमी के बीच
सिर्फ़ एक पत्ती की दूरी रह गई है

इस समय सड़क पर
कोई भी किसी का
समकालीन नहीं है।

गर्मी में सूखते हुए कपड़े

कपड़े सूख रहे हैं
हज़ारों हज़ार
मेरे या न जाने किसके कपड़े
रस्सियों पर टँगे हैं
और सूख रहे हैं

मैं पिछले कई दिनों से
शहर में कपड़ों का सूखना देख रहा हूँ
मैं देख रहा हूँ हवा को
वह कपड़ों को सुखा रही है
उन्हें फिर से धागों और कपास में

बदलती हुई
कपड़ों को धुन रही है हवा
कपड़े फिर से बुने जा रहे हैं

फिर से काटे और सिले जा रहे हैं कपड़े
आदमी के हाथ और घुटनों के बराबर
धूप लोहा गरमा रही है
हाथ और घुटनों को बराबर करने के लिए

कपड़े सूख रहे हैं
और सुबह से धीरे-धीरे
गरम हो रहा है लोहा।

सुरेन्द्र तिवारी—

चुनाव

ज्ञानी माँगे सीख अनाड़ी से
राजा माँगे भीख, भिखारी से !

कंधों पर बैठाकर तो देखो
फिर उतरेंगे नहीं सवारी से !

आगे से देखा तुमने मुझको
चेहरा मेरा फरक पिछाड़ी से !

हिलती गर्दन, नकली दाँत, छड़ी
यही नमूने हैं फुलवारी के !

तुमको भूल चुके थे हम लेकिन
आये हैं फिर से दिन यारी के !

नींद हराम किये हैं अब सपने
पाँच-हजारी मंसबदारी के।

सूखाग्रस्त इलाकों का दौरा
कुछ दिन अच्छा है बेकारी से !

वादे हमने किये मगर यारो
वे दिन थे अपनी लाचारी के !

कल के जानी दुश्मन दोस्त बने
सधे हुए हैं हाथ खिलाड़ी के !

अब तो बस एक तमन्ना है
दिल में बैठें दिल्ली प्यारी के।

कृष्ण सारथी होगे तुम किसके
नर के वाहन के या नारी के ?

—अनंतकुमार पाषाण

हर जहाज़ी अपना समुद्र

हर जहाज़ी अपना समुद्र
स्वयं लेकर पैदा होता है,
और जहाज़ बनाने के लिए
उसे ज़मीन पर आना पड़ता है।

ज़मीन, जहाँ पुराने जहाज़ों के पुर्ज़े इकट्ठे कर
उसे धीरे-धीरे
नया जहाज़ खड़ा करना पड़ता है,
मगर उस जहाज़ को चलाने के लिए
समुद्र तब तक खो चुका होता है।

समुद्र को ढूँढ़कर जब तक वह लौटता है
तब तक मीलों लंबी पंक्ति में खड़े
जहाज़ों की भीड़ में
वह अपना जहाज़ पहचान नहीं पाता है।

और तब वह जहाज़ ही
उसका नाम लेकर
उसे पुकारता है।
जहाज़ और जहाज़ी का पुनर्मिलन मनाने को
सारा संसार एक समुद्र बन जाता है।

लौटो सिंदबाद

लौटो सिंदबाद,
रात-दिन, सुबह-शाम कभी भी अचानक
सूँसे देखते हुए अभी नहीं ऊबे तुम ?
तट की चट्टानों से जहाज़ को बचाते हुए
ऊपर आकाश में छाये जलपक्षी देखते
कभी नहीं ऊबे तुम ?
कभी यहाँ घाटी में, कभी वहाँ पहाड़ पर,
पावस में लचकती देख मधुमालती,
गरमी के दिनों में तूबियों के जंगल,
लंबे मैदानों को पार करते हुए
आयी क्या कभी नहीं तुम्हें घर की याद ?
लौटो सिंदबाद !

कुछ लोग घोंघे की तरह बने होते हैं,
अपने साथ अपना घर लिये पैदा होते हैं।
पिछले पत्र में तुमने लिखा था
टूटी मड़ैया पर जंगली कबूतर बहुत तंग करते हैं।
चहारदीवारी की ईंटें गिर गई हैं,
खरगोश बारिश में घर चले आते हैं।
पर मुझे लौटने में थोड़ा समय और है—
क्षितिज तक अंतहीन एकांत में
पार करनी है अपनी-सी छायाएँ,
जिनमें मकानों की, पेड़ों-पहाड़ों की,
नदियों और नालों की हैं मंद रूपरेखाएँ।

—अशोक बाजपेयी

मौत की ट्रेन में दिदिया

ट्रेन के बरामदे में खड़े लोग
बाहर की ओर देखते हैं पर न तो जल्दी ही
उतरने और न ही कहीं अन्दर
बैठने की जगह पाने की उम्मीद में

बिना उम्मीद के इस सफर में
दिदिया भी कहीं होगी दुबकी बैठी
या ऐसे ही कोने में कहीं खड़ी
और पता नहीं उसने काका की खोज की भी या नहीं
दोनों अब इसी ट्रेन में हैं जो बिना कहीं रुके।
न जाने किस ओर चली जा रही है लहराती हुई

कहीं सीट पर
बरसों पहले आयी कुछ महीनों की बहन भी है
जिसका चेहरा भी याद नहीं और बड़ी सफेद दाढ़ी वाले
मन्त्र बुदबुदाते बाबा भी

न कोई नाम है न संख्या न रंग
सब एक-दूसरे से बेख़बर हैं और बेसामान
न ट्रेन रुकने का इन्तजार है न किसी के आने का

नीचे घास पर और आँगन में छुकछुक गाड़ी का खेल खेलते
जूनू डुल्लो दबी चिंकू
उस ट्रेन की किसी खिड़की से
दिदिया को पता नहीं दीख पड़ते हैं या नहीं ?

श्रीराम वर्मा—

चक्रव्यूह

मेरा बाप अर्जुन नहीं था,
मेरी माँ सुभद्रा नहीं थी,
और मैं भी अभिमन्यु नहीं हूँ।

फिर यदि मैंने अपनी माँ के गर्भ में ही
वीरता-भरी रहस्यमयी कहानियाँ नहीं सुनीं
तो मेरा क्या दोष ?

यदि इतने पर भी मुझ अबोध को
दुर्भेद्य चक्रव्यूह में फाँस दिया गया है
तो ऐ मेरे धैर्य के परीक्षक भविष्य
मैं तुम से अनन्त हिरण्य उषाओं की
साक्षी देकर कहता हूँ—
कि मैं इस दुर्भेद्य को भी भेदूँगा :
पार करूँगा
और एक दिन निश्चय ही राह—
मेरे चरण तले आयेगी—
चाहे देर भले ही लगे !

क्योंकि
मेरी आत्मा—
अर्जुन से भी अधिक ऋजु है,
सुभद्रा से भी अधिक धारणशीला है,
और अभिमन्यु से भी अधिक श्रुतिधर्मा है।
क्योंकि मैं वर्तमान को अपना छोटा भाई
मानता हूँ।

जिसे मैं जिधर चाहूँ मोड़ सकता हूँ
और उसे अपने प्यार के सहारे दिव्य और भव्य
बना सकता हूँ।
यह विराट चक्रव्यूह—
उस इकलौते भाई की नूतन पाठशाला है।
और मैं उसका अकेला अध्यापक हूँ
लेकिन मैं झूठ नहीं बोलता

सच,
मेरा बाप अर्जुन नहीं था,
मेरी माँ सुभद्रा नहीं थी,
और मैं भी अभिमन्यु नहीं हूँ।

बच्चों के लिए आयाराम-गयाराम का एक गीत

नन्हे मुन्ने बच्चो आओ
झंडे लेकर हमको गाओ।
इस प्रभात फेरी में गाओ,
दस अगस्त पन्द्रह को गाओ।
जब आये छब्बीस जनवरी,
हमको गाओ, हमको गाओ।

उचक-उचककर, हुमच-हुमचकर
जय-जयकार हमारी हो बस।
नाते, रिश्ते, जाति, रुपैया—
इतने से ही यारी हो बस।
कुर्सी हमें पियारी हो बस।
दुनिया हमसे हारी हो बस।

आर्यभूमि यह चरागाह है
अरे वत्स, हमको चरने दो।
अँटने दो अपने अँगूठे,
जनता को कटने-मरने दो।

डिग्रीधारी पूँछ हिलाएँ
कुल वैतरणी पार कराएँ।
सटें और सठियायें भर हम
पटें और पटियायें भर हम।
जो हो जहाँ निपटने दो ना।
जितना मिले गटकने दो ना।
बढ़ो अगर तो वोट के लिए।
पेट काट कर, जेब काट कर
गला काटकर, काट अँगूठा
नोट हमें दो, वोट हमें दो।

फूँको, तापो, भोंको, दागो
जंगल के कानून चलाओ
दुनिया है चिड़ियाघर प्यारे,
गांधी के बानर हो जाओ।

माँगो मत कुछ। मत दो हमको
साँझ-सकारे, रात और दिन
ज़िन्दा-मुर्दा हमको गाओ।

मरघट के आगे तक लपको—
आसमान की छतें उड़ाओ।
झंडे नहीं, हमें फहराओ।
कंधे नहीं, हमें उचकाओ।

हम अधिनायक, भाग्यविधाता,
राष्ट्रगान में हमें गुँजाओ।
दो क्या तीन अरब हो जाओ

—चन्द्रकान्त देवताले

ऐसा नहीं होता

हर चीज
कोई देखता ही है
ऐसा नहीं होता
कितनी ही चीजें हैं
जो किसी ने
कभी नहीं देखीं

एक पत्थर की तरह गड़ी हुई
मेरी चुप्पी
एक कंदरा की तरह
छिपा हुआ
मेरा आह्लाद
घास की जड़ों की तरह
न जाने
धरती के किस-किस हिस्से में
बिछी हुई मेरी स्मृतियाँ
समुद्र की अतल गहराइयों में
बिन बजता हुआ गिटार
हवा की छाती पर
भर दोपहरी गाती हुई
एक चिड़िया
और दूर आकाश की मटमैली मुट्ठी से
साँझ के झुटपुटे में झलकता हुआ
बचपन का पुश्तैनी चाकू

हर समय
आधा विस्मय
आधी खुशी
और
अधूरा भय।
पूरी चीज
कोई देखता ही है···
ऐसा नहीं होता।

—विष्णु खरे

शाप

पेड़ शाप देते हैं

बचे हुए पेड़ धीरे-धीरे अपने पैरों के पास
रेतीली जमीन या पहाड़ों की नंगी रीढ़ सरकते आते देखते हैं
और समझ जाते हैं

प्रतीक्षा करते हैं कि कटकर गिरने से पहले
अपने शरीरों से उठती अंतिम गंध को
सूख जाने वाली उनकी पत्तियाँ सूँघे

बादल नदियाँ जानवर और चिड़ियाँ
सुनते हैं पेड़ों की आख़िरी साँसों को
और मिलकर शाप देते हैं

जानवर और चिड़ियाँ चले जाते हैं कहीं और
अंत में घेर कर मार दिए जाने के लिए
लेकिन उससे पहले बादल और नदी से बदला चुकाने का
वचन लेते हैं

बादल और नदियाँ सूरज हवा और धरती से मिलकर
अपना निर्मम और व्यापक बदला लेते हैं।
बारी-बारी से कभी सुखाते हुए कभी डुबोते हुए

और तपते हुए मैदानों या डूबे हुए आसरों में
छोड़ जाते हैं सूखी या फूली हुई काली लाशें
ज़्यादातर असहाय बच्चों औरतों आदमियों और अपाहिजों की

भूख से सूखे और पानी से सूजे काले शरीरों के
खुले मुँह से जो शाप निकलता है
वह वही है जो पेड़ों ने दिया था।

राजेन्द्र किशोर—

परिणाम

ये तमाम बस्तियाँ उजड़ जायेंगी।
इन शहरों की जगह होंगी खंदकें।
तब यह लड़ाई ख़त्म हो जायेगी और
शांति-ध्वज लिये
भगवान बुद्ध आएँगे।
जो विजयी होंगे वे धर्म-प्रचारक हो जाएँगे,
जो पराजित होंगे, वे जिजीविषा से अनुयायी।

—प्रणवकुमार बंद्योपाध्याय

कविता

कविता है—
पिता का ख़ाली हाथ घूमना
बाज़ार की गलियों में
और
बाढ़ के गंदे पानी के बीच
असहाय ज़हूर किसान का
क़ैद घर।
कविता है—
मुक्ति का नीला सपना
और
सब कुछ तोड़कर
गढ़ने की
सबसे आदिम आकांक्षा।
जहाँ हर कोई
पन्द्रह अगस्त से पहली रात का
दुर्निवार किशोर है।
कविता है—
सायकिल पर सवार
भाई का लौटना
लेकिन उसका
अनाज का थैला ख़ाली है···
और माँ न जाने कब से
इन्तज़ार में बैठी है।
कविता है—
हमारे कष्टों का
ज़रूरी आदिम इतिहास।

विष्णु नागर —

साबुन

हत्यारा नहा रहा था
कि साबुन उसकी आँखों में घुस गया
हत्यारे ने साबुन फेंक दिया।

साबुन मरने वाली चीज़ नहीं थी
हत्यारा गया और दुकानदार को मार लाया।

हत्यारे ने खून के हाथ
साबुन से धोये
साबुन हत्यारे को भाने लगा।

साबुन अपनी जगह
बनाने लगा।

— रवीन्द्रनाथ त्यागी

अंधा पड़ाव

ड्राइंग रूम में वह नहीं आया
उसके चमचमाते जूते आए,
जब मिलाया उसने अपना हाथ
मुलाकात रह गई दस्तानों तक,
जब वह बैठा सोफ़े पर
तो उसकी जगह एक शानदार सूट वहाँ बैठ गया;
कफ़ों ने पकड़ा काफ़ी का कप
टाई और कालर ने ब्रेकफ़ास्ट किया
उसके होंठ नहीं हँसे बिल्कुल
सिर्फ़ उसकी सिगरेट चमकी

विदा की जगह हिलता रहा रूमाल
वह नहीं निकला पोर्च के बाहर
उसकी मोटर निकली।

पीली यात्राएँ

कितने अभागे लोग
जा उतरे चंद्रमा पर
उनके सारे स्वप्न और रहस्य
हो गए पत्थर

मेरे लिए चाँद वैसा ही रहा
जैसा बचपन में था

वह मुझ पर उतरता
अब भी उतनी ही सजधज के साथ

पास जाने के लिए शायद बना ही नहीं / तुम्हारे यौवन का
ऐश्वर्य और रूप।

रामावतार चेतन —

मुक्तलय

दुनिया क्या है ?
कविताएँ है—
बहुत बड़ा आसरा
हृदय को समझाने का
जब वह मचले !

एक संकलन है दुनिया यह
ऐसी कविताओं का
जिनमें छंद बहुत ही थोड़े हैं,
स्वच्छन्द छन्द सबसे ज्यादा हैं।
ऐसे—
जिनकी पंक्ति-पंक्ति पर
झटके दे-दे लयें टूटतीं।
लयें टूटकर
दूर-दूर तक
फिर जुड़ने का नाम न लेतीं,
बिखरे-बिखरे पैराग्राफ़ों में
बँटकर रह जाती हैं जो।
कोई वीणा और वायलिन
जिन्हें न सम पर ला पाते हैं।
जिनके शब्द बहत कर्कश हैं
जिनका कथ्य बहुत तीखा है,
जिनका रस नौ की गिनती के
भीतर बिलकुल समा न पाता,

रस भी केवल वह पा सकता
जो रस पा लेना सीखा है !

कविता कोई कला नहीं है,
कविता में लय अर्थ ढूँढ़कर
रस पा लेना बड़ी कला है।

वरना यह दुनिया, यह कविता—
सिर के ऊपर बड़ी बला है !

—कन्हैयालाल नंदन

अंधड़ के बीच

अंधड़ के बीच
गुमसुम खड़े अमलतास को
गाली देना बहुत आसान है।
पत्तियाँ हिलने से
अंदर के तूफ़ान नाप लेना
उससे भी ज्यादा आसान।

क्या कहोगे,
बौखलाकर अंगारे फूलने वाले गुलमोहर को;
कि उसके रोम-रोम में दहकता हुआ लावा
उसकी खुशियों का पोस्टर है ?
तुम्हें कैसे बताऊँ
कि गुलाब की पँखुरियों की लाली में
गुलमोहर की आग नहीं ढूँढ़ी जा सकती
और कि
गुलमोहर की एक टहनी से
महज़ गुलदस्ता
बनाया जा सकता है

मगर
क्या फ़र्क पड़ता है
बौखलाया गुलमोहर हो
या गुमसुम खड़ा अमलतास !
तुम्हारे पैमाने/फूलों की भाषा समझने के आदी नहीं हैं

कोई और बात करो।
क्योंकि
सुरक्षित जगहों पर खड़े होकर
अंधड़ के बीच गुमसुम खड़े अमलतास को
गाली देना बहुत आसान है !

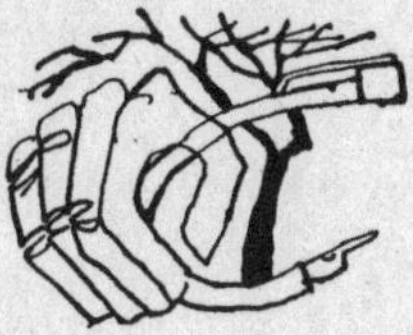

—सौमित्र मोहन

अंतरंगता

हम दोनों के बीच मैदान है और हवा उसमें से होकर
सामने के वृक्षों को छू रही है।
कुछ बातें
उसी हवा में ठहर गई हैं और
हमारी आँखों की चमक
पहचान में बदल गई है।

तुमने मुझसे कुछ नहीं पूछा था।
एक आदमी हमारे पास से गुज़रकर
एक फिकरा कस गया था।
और हम एक गोपनीय रहस्य में खो गए थे।
निश्चय ही यह प्यार नहीं था :
हम अपने-अपने भीतर थे
और एक दूसरे को जान चुके थे।
तब हमारे पास न शब्द थे, न अनुभव और न ही
कोई आश्वासन।

हम अपने वर्तमान से
थोड़ी देर के लिए
छिटक भर गए थे।

खतरे की पुकार

मेरे भीतर एक प्याली जितना आकाश क़ैद है
और उसमें से कभी-कभी
मैं चिल्लाता हूँ—

मुझे बचाओ मुझे बचाओ
मैं तेजाब के धुएँ से धीरे-धीरे गलता जा रहा हूँ
घोड़े के नाल की तरह घिसी प्रार्थनाएँ
अधूरी कूट जाती हैं।

मेरे भीतर एक प्याली जितना आकाश क़ैद है
और उसमें से कभी-कभी
मैं चिल्लाता हूँ—
मुझे बचाऽओ मुझे बचाऽओ
मैं रेल-पटरियों से बँधा अपने को पिसता देख रहा हूँ
घोड़े के नाल की तरह घिसी प्रार्थनाएँ
और घिसती जा रही हैं

मेरे भीतर एक प्याली जितना आकाश क़ैद है
और उसमें से कभी-कभी
मैं चिल्लाता हूँ—
मुझे बचाऽओ मुझे बचाऽओ
मैं धरती बोने के लिए खुलेआम बिक रहा हूँ
घोड़े के नाल की तरह घिसी प्रार्थनाएँ
अब कहीं सुनायी नहीं दे रहीं !

—विनय

जगाए जाने के सुख में

सोई हुई अनुभूतियाँ
तुम्हारे स्पर्श से जाग गईं
भीतर तक दबा दिया था
जिन संवेदनाओं को
वे तुम्हारी स्नेहवर्षा से
दूब की तरह, उदग्रीव होकर
मनोकाश में स्थापित हो गई हैं।

मैं नहीं चाहती थी कि
यह बन्द द्वार खुले
मैं इसके भीतर ही
अपने पद्मासन में लीन थी
लेकिन तुमने यह कैसी दस्तक दी
और बिना मेरी हाँ की प्रतीक्षा किए
अंदर आ गये !

तुमने मेरी अर्जित शान्ति
भंग क्यों की
क्या तुमने नहीं देखा था कि
द्वार बन्द है ?
तुम भोर की किरण के समान
झरोखे से क्यों चले आये !
यह मैंने क्यों खुला छोड़ दिया था
अंदर आकर—
क्या तुमने अनुभव नहीं किया
छिन्नभिन्न बाड़ियाँ, निर्जन सूखते सोते।

तुम्हारे पैरों के नीचे
बार-बार आये मुड़े-तुड़े मुरझाये फूल
तुम्हें कहीं न कहीं कोई काँटा
जरूर लगा होगा···
तुम किस तरह दर्द को बर्दाश्तते
मेरे पास तक चले आए
मेरे एकान्त को जीतने
तुम्हें मेरी ना का भय नहीं लगा।
फैलती हुई प्रभात की किरणों से
तुम अभेद्य धरती में
रत्नगर्भा बनकर स्थापित क्यों हो गये !
पर अब / मैं भी तो नहीं रोक पा रही हूँ
यह नयी जागृति
और ज्ञान के आलोक से मुँदो पलकें
प्रेमिल स्पर्शों से भीग कर
मुँद रही हैं / भीतर तक खुली हुई—
तो क्या अपने-अपने ज्ञान में
स्वयं पूर्ण समझते हम
अधूरे थे कहीं—?
शायद तभी
एक संपूर्ण प्राप्ति के बाद
यह नया संवेदन
एक नयी पहचान !
क्या तुम निश्चय से कह सकते हो
कि इस निरन्तर आने में
हमारी गति कभी अवरुद्ध नहीं होगी
क्या तुम आत्मदान के लिए
तैयार हो?
तो आओ मेरे मित्र
जिन हथेलियों पर तुमने
किरणों का महावर लगाया है
मेरे सोते-सोते

उन्हीं से—

जागृति की अवस्था में
ये बंद दरवाजे भी खोलती हूँ—
जिससे / नींद के स्वप्नों से छुटकर
मादक अंगड़ाई लेती मैं
जगाये जाने का सुख
अनुभव कर सकूँ !
लेकिन ! ठहरो !
एक क्षण को फिर से बाहर जाओ
झरोखे से किरणों की तरह नहीं
सामने द्वार से सूर्य की तरह आओ।

नरेन्द्र मोहन —

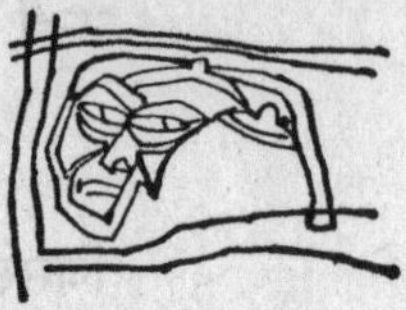

क़ब्र-चित्र

सारे संबंधों को दफ़न करने के लिए
हमने क़ब्र का एक आकर्षक चित्र बनाया
और उसे फटी आँखों
देखते रहे

सोचते हुए—
चित्र चित्र है,
क़ब्र नहीं।

—बलदेव वंशी

बच्चे

पड़ोस में एक व्यक्ति
एक मेमना लाया है
—चंचल, चुहल-सा, चटकीले रंग का !

एक बच्चा उसके पास गया
खेलने लगा
दूसरा बच्चा उसके पास गया
पुचकारने लगा
तीसरा बच्चा उसके पास गया
कान उमेठने लगा
चौथा बच्चा उसके पास गया
रोटी देने लगा
वे चारों बच्चे दिन भर खेले
उस मेमने के साथ
यह साथी उन्हें अपना-सा लगा :
—चंचल, चुहल-सा, चटकीले रंग का !

बच्चों के स्वप्न में उतर गया खेलता हुआ मेमना
वे नींद में उड़ने लगे रंगीन पंखों पर
वे नींद में चहकने लगे हरियल पेड़ों पर
रात से भी लंबी हो गयीं उनकी नींदें···

कुछ रोज बाद मेमने को मार कर पड़ोसी खा गया
बच्चे हैरान हैं : मेमना कहाँ गया ?
माँ ने बताया : मेमने को भेड़िया ले गया
मेमने को भेड़िया ले जाता है ?

हाँ, मेमने को भेड़िया ले जाता है !
मेमने को भेड़िया खा जाता है ?
हाँ, मेमने को भेड़िया खा जाता है !

मेमना रोया होगा पीड़ा से ?
हाँ, मेमना रोया था पीड़ा से !
मेमने को बचाया नहीं किसीने भेड़िये से ?

हाँ, मेमने को बचाया नहीं किसीने भेड़िये से !

बच्चों ने बहुत-से डरावने दृश्य देख लिये हैं
बच्चों ने बहुत-सी डरावनी कहानियाँ सुन ली हैं

बच्चों ने बहुत-सी डरावनी सच्चाइयाँ जान ली हैं
अब, बच्चों के स्वप्न में भेड़िये उतर गये हैं।
बच्चे डरते हुए भाग रहे हैं घरों से
बच्चे डरते हुए भाग रहे हैं स्कूलों से
बच्चे डरावने दृश्यों, कहानियों, सच्चाइयों से
भाग रहे हैं लगातार...

अब बच्चों की नींदें छोटी
और रातें लंबी हो गयी हैं

बच्चे स्वप्न में पिट कर परेशान हो रहे हैं
बच्चे स्वप्न में घायल औ' लहूलुहान हो रहे हैं

बच्चे इन स्वप्नों में
यों बड़े हो रहे हैं
बच्चों की नींद में
भेड़िये भी बड़े हो रहे हैं

पहले कभी बच्चों से डर भागते थे
आज बच्चे डर से भाग रहे हैं।
पहले कभी बच्चे मेमने से खेलते थे
आज भेड़िये बच्चों से खेल रहे हैं।

पाठशाला

बच्चा गीली मिट्टी के खिलौने बनाता है
फिर धूप में घंटों-पहरों बैठ
उन्हें सुखाता है

सूख कर अकड़े खिलौनों को
अपने आस-पास सजा कर
बीच में बैठा गर्व से सिर हिलाता है

फिर अत्यन्त उत्साह में भर कर अचानक
उन्हें एक-एक कर तोड़ता है
और ठहाके लगाता है

अपने जन्म के बाद तीन वर्षों में ही
बच्चा इतना कुछ सीख गया है
जाने वह किस पाठशाला में पढ़ने जाता है ?

दिविक रमेश —

रामसेवक

रामसेवक
बोझा ढोता है
मेरे युग के
शहरी लेखकों तक की
कहानी या कविता का
वही तो
गौरवप्रद / कथ्य / गढ़ता है।

रामसेवक
खेतों में / मरता-खपता है
यथार्थ बोध / बघारने का
बेहतरीन मसाला
उसी से तो जुटता है।

रामसेवक
जूते गाँठता है
काम की गरिमा पर
व्याख्यान देते वक्त
निठल्ले तक
उसी को
मिसाल-सा
इस्तेमाल करते हैं।

रामसेवक
पत्थर कूटता है

इस युग की
नेतागीरी को
वही तो / रूप देता है।

बाढ़ हो या अकाल
सभी की भयं करता
रामसेवक ही
ज़ाहिर करता है।

ख़तरनाक प्रयोगों के लिए
रामसेवक ही
हाज़िर रहता है।

सारा युग जानता है
रामसेवक / कितना ज़रूरी है
कितना अपना
सभी का।

इसीलिए तो सभी
रामसेवक पर
एक साथ झपटते हैं।

रामसेवक
टुकड़ा-टुकड़ा
सभी में बँट जाता है।

रामसेवक
समूचा / कभी नहीं जीता है।

सचमुच
कितना ज़रूरी है
रामसेवक

इस युग को जीने के लिए।

कितना ज़रूरी है
कभी मुखौटे-सा
कभी ढाल-सा
और कभी तलवार-सा।

माँ

रोज़ सुबह, मुँह अँधेरे
दूध बिलोने से पहले
माँ चक्की पीसती
और मैं
घुमेड़े में
आराम से सोता।

—तारीफ़ों में बँधी
माँ
जिसे मैंने कभी
सोते
नहीं देखा।

आज
जवान होने पर
एक प्रश्न घुमड़ आया है—

'पिसती
चक्की थी
या माँ ?'

—राजकुमार कुम्भज

बच्चा बेचैन है

एक पाँव है
एक पुस्तक है
एक जूता है
एक बच्चा है
एक घर है
और सब एक दूसरे से दूर हैं
लेकिन फिर भी कहीं एक रिश्ता है
कि रिश्ते में सुरंग है
सुरंग में जूता है, जूता में पाँव हैं
पाँव में घर है, घर में बच्चा है
और बच्चा सोचता है कि घर एकदम ख़ाली क्यों है ?
घर में पुस्तक है,
नहीं, घर में पुस्तक नहीं रही
अगर घर में पुस्तक नहीं रही तो वह कहाँ गयी ?
गयी कहाँ ? पुस्तक जूते के नीचे है
और नीचे—नीचे बहुत अँधेरा है
अँधेरे में सुरंग है
सुरंग में जूता है, जूते में पाँव हैं
यह पाँव किसका है ?
नहीं, पाँव तो किसी का भी हो सकता है
तब सवाल इतना है कि यह जूता किसका है ?
क्योंकि जूता सबके पास नहीं होता
यदि होता तो क्या होता ?

तो—जूते के नीचे पुस्तक है,
और पुस्तक में क्या है, यह कोई नहीं जानता।
सिर्फ एक बच्चा जानता है कि पुस्तक में क्या है !

क्या है पुस्तक में ?
शायद पुस्तक में एक घर है
और बच्चा सोचता है कि घर एकदम ख़ाली क्यों है ?
नहीं, घर एकदम ख़ाली कहाँ है ?
घर में एक बच्चा है,
और बच्चा बेचैन है / कि पुस्तक कहाँ है ?

—राजेन्द्र शर्मा

शेरों ने मुँह धोये

इस बार शेरों ने मुँह धोये
और डकारते हुए कहा—
बस
अब तुम स्वतंत्र हो बकरियो
तुम चाहो तो अपने बच्चों के पास जा सकती हो

मिमियाती हुई बकरियाँ भागीं
तो शेर उनके पीछे थे
जायका बदलने के लिये
नर्म गोश्त की तलाश में।

अवधेशकुमार—

लड़ाई

अपने हाथ काटे,
उन्हें फैला कर कुर्सी के हत्थों पर रखा
और सभासदों से कहा—
"लो, बाँधो इन्हें।"

अपने पैर काटे,
रास्ते पर उन्हें जूतों समेत टिकाया
और लोगों से कहा—
"चलाओ इन्हें।"

अपना सिर काटा,
एक थाली में सजा कर रख आया उसे
अपने एक पड़ोसी के दरवाज़े पर : कागज़ की
एक पुर्जी लिखकर—
"लो, निबटो इससे।"

समूचा मुझे कोई नहीं नोचता
समूचा मुझसे कोई नहीं टकराना चाहता।
उन्हें चाहिए मेरा कोई अंश
उनके अपने मतलब का : वह भी
अप्रत्यक्ष रूप में उपलब्ध।
उसके लिए मुझे
किसी न किसी माध्यम का सहारा लेना पड़ता है।
तब मैं अपने धड़ को मैदान में रख देता हूँ
और आवाज़ लगाता हूँ—
"आओ दोस्तो,
अपने-अपने निर्णय सुनाओ इसे।"

—रामविलास शर्मा

दोपहर

मई का पिघलता सूरज
उबलने लगा है
सुबह की दहकती हुई धमन भट्ठी में
और
कानों पर रूमाल लपेटे
विवश पिंडलियाँ
ठेलती हैं जर्जर साइकिलें
दफ़्तरों, दुकानों, कारखानों की ओर
चढ़ाई पर

पसीना पोंछते, पेबन्द लगे खाकी निकर को
कोसती है
रिक्शे में सवार थुल-थुल महिला
गाड़ी छूटने के डर से बौखलाई, बदहवास
गर्म लू के झोंके
बेकार, आवारा, लफंगों की तरह
दिन-दहाड़े राहगीरों से छेड़छाड़ करते
भटक रहे हैं—
नगर की प्रमुख सड़कों पर निर्द्वंद्व

नगर पालिका के नल से
टप टप टपकती बूँद
आतुरता से चोंच में समेटती चिड़िया
टपक जाती है पके गूलर सी
अचानक एक दम खामोश

अजीब करिश्मा है
धूप जो संतरों को करती है पीला
और हिरनों को काला
प्रमाणित हो रही है बिल्कुल निष्प्रभाव
हमारे स्वार्थ की मोटी त्वचा पर हर बार

कोई टोकता क्यों नहीं

हम सब तमाशबीन बने
देखते हैं
जंगल में फैलती हुई आग
जलते हुए घोंसले
तड़कती हुई टहनियाँ
चटखते हुए बाँस
और इस सबके बीच
छलाँग भरता
अहंकारी उन्माद।

हैरान हूँ
कोई रोकता क्यों नहीं
इन उच्छृंखल हवाओं को
जो दो नासमझ बाँसों को
आपस में टकरा कर
रच रही हैं
आग आग आग

—इंदु जैन

गीतों के बाज़ार से निरपेक्ष निकल जाते हैं

गीतों के बाज़ार से निरपेक्ष निकल जाते हैं—
घटा घिरी देख कपड़े उठाते हैं—
हम बड़े हो गए।

अचानक मोड़ पर ख़ूबसूरत मकान देख
बोझ रहित होते नहीं
मैली चादर पर—अब—सोते नहीं
पेन का काम पेंसिल से चलाते हैं
कापी के पृष्ठ पर पत्र लिखे जाते हैं

छुट्टी के दिन सोते हैं
हिन्दी फ़िल्म के नाम रोते हैं—
हम बड़े हो गए।

कितना निरर्थक है यह
'बड़ा हो जाना'
कितना हाहाकारग्रस्त
उन हल्की मान्यताओं का खो जाना
हममें जो उबाल था
दूध के फेन-सा भर गया,
सिनिक हो जाने की तुष्टि का मूल्य
काफ़ी बड़ा दिया,
बड़े होने की प्रक्रिया में देते ही देते रहे
हाथ कुछ न लिया

अब न पुकार की इंतज़ार है
न चमत्कार पर भरोसा,
बीमों से घिरे
सुरक्षा में पिरे
एक ही प्रतीक्षा है—
कहाँ है वह सारा दिन
मौत का
ढेर-सी तिथियों में
कौन-सा ?

बहुत देर करके आने वाले मीत

बहुत देर करके आने वाले मीत

अब द्वार खटखटाते हो
जब प्यार बूढ़ा हो चुका
बहरा हो चुका !

जब उसकी धुँधली आँखों को
बहुत पास के सिवा कुछ सूझता नहीं—
हथेलियों का भविष्य रीत गया सारा—
क्यों उसके जर्जर पैरों में
पंख उगाते हो ?
उपहास कराते हो ?

परकटे जटायु-सा
अपूर्ण काम आ गिरेगा
जाने कौन-से तपते पत्थरों पर
पटकेगा सिर—मरेगा !

मुझे अब वसंत की हवा से
ठंड लगती है

इस भावहीन तन में
सिर्फ़ प्यास जगती है
सच पूछो तो मेरा निस्तेज मन
तुम्हारी आहट पर
ज़रा-सा
चौंक भर जाता है—कि
इतने युगों बाद भी
उसे कोई
बुलाता है ?

स्नेहमयी चौधरी—

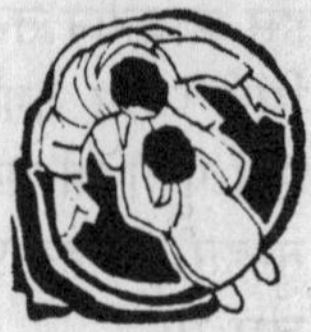

पहचान

वह क्रांति का जामा नहीं पहनेगी
न विद्रोह की आग में ही जलेगी
न किसी को तोड़कर फेंकेगी
न स्वयं को टूटने देगी
फिर वह क्या करेगी ?

न वह जलता हुआ अंगार बनेगी,
न बुझती हुई राख
न पक्षी की तरह/उड़ने की कामना करेगी
न शुतुर्मुर्ग की तरह/एक कोने की तलाश
न खड़ी रहेगी, न भागेगी
न संघर्षों का आह्वान करेगी
न ठुकराएगी
क्योंकि यह सब वह नहीं कर सकती ?
उसे अपनी शक्ति और सीमा
दोनों की पहचान है
वह एक जीवन जिएगी
जो सुबह की तरह/ताजा होगा
लेकिन उसका समय तो बीत गया
फिर दोपहर के/सूरज की तरह चमकेगी
वह भी तो ढल गया
अच्छा तो ढलते/सूरज के साथ-साथ ढलेगी
शाम होने तक

—अमृता भारती

एक चल रही भूमिका

जूडिथ ने एक नाटक देखा था
उसमें मैं 'यातना' की भूमिका कर रही थी,

दुनिया मंच की तरह फैल गई थी
और वक़्त परदे की तरह उठा था
मैंने अपने किसी भी टुकड़े को
बाहर छोड़े बग़ैर अंदर
प्रवेश किया था

[नाटक इससे पहले भी खेला गया था -
दुनिया मंच की तरह फैली थी
वक़्त परदे की तरह उठा था—
लेकिन मैं यह नहीं कह सकती
कि मेरी यह कौन-सी बारी थी
पहली, दूसरी या सौवीं]

जूडिथ ने एक नाटक देखा था
उसने देखा था
कि मैं भूमिका को
भूमिका की तरह नहीं कर रही हूँ
और उसमें से बाहर निकलने की कोशिश कर रही हूँ

मतलब
मैं दर्शकों में आ जाना चाहती हूँ

और उन्हें भी पार कर
प्रेक्षागृह का दरवाज़ा खोल
बाहर / सड़क पर /
और कोढ़ी के हाथों को
प्रेमी के हाथ की तरह छूना चाहती हूँ
पर बात सिर्फ़ इतनी ही नहीं थी
और सूत्रधार चिंतित था।

जूडिथ ने एक नाटक देखा था / और डटकर /
तब उसने आँखें बंद कर ली थीं / जब देखा था /
कि मैं भूमिका से सच्चे पात्र में उतर आई हूँ / और मेरे साथ/
सारी रंग-सज्जा—मसलन
रेशमी काँटों के मुकुट, क्रूस और कीलें
ज़हर के प्यालों का पानी / ख़ून की जगह छिड़का हुआ रंग /
और वह अदालत / और वे सब लोग भी—/ जज, जूरी,
नगरजन और मुखबिर /
अपनी - अपनी भूमिका में —नाटक से
बाहर निकल आए हैं

जूडिथ ने एक नाटक देखा था
उसके मुँह से चीख निकल गई थी
जब उसने देखा था
कि अब कोई नेपथ्य भी नहीं रहा—
ईश्वर ने अपने को
आदमी के कानून के हवाले कर दिया है
और मैं
सड़क के बीचोबीच
एक पत्थर पर सिर रखकर रो रही हूं।

जूडिथ ने एक नाटक देखा था
जिसमें मैं यातना की भूमिका कर रही थी
जूडिथ बेहोश हो गई थी यह देखकर
कि पाप के बोझ के नीचे झुका ईश्वर
वचन-मुक्त हो चुका है
और दुनिया का नक़्शा
गोल पत्थर के साथ धीरे-धीरे
मेरे कंधों की तरफ़ सरक रहा है।

जडिथ ने एक नाटक देखा था
और वह नहीं देख सकी थी
कि मंच का दरवाज़ा मेरे हाथ नहीं आ रहा
और मेरे चारों तरफ़
परदे गिर चुके हैं।

सुनीता जैन —

अनायास ही

अनायास ही मेरे मन में
मीलों धँस गए
तुम
इंच-इंच कर निकले
मेरी विक्षिप्त रिरियाहट
अभी तक मुझे तोड़ती है
भगवान के लिए,
कोई कोशिश न करो

औरत के दिल से
पुरुष का उतरना
जब भी हो,
अंतिम होता है—
प्रणाम लो !

ये डरे क्यों नहीं ?

दिन की परेशानियाँ
उठते ही
आ धमकीं।

लड़की के कपड़े दर्जी से लेने हैं
लड़के की परीक्षा थी, टीचर से मिलूँगी
आफ़िस की चाभी खो गई, अरे रामसिंह
अब उठेगा कि नहीं !

ज़िन्दगी
कितनी उलझ गई है
एक क्षण विश्राम नहीं।

सुबह स्लेटी है
सूरज नहीं उगा कि धुँध
गहरी है
दूर से उड़कर पक्षी
दूर जा रहे हैं कहीं
इनसे किसने कहा
सुबह हो गई ?
और सुबह होते ही
ये डरे क्यों नहीं ?

अरुणा कपूर —

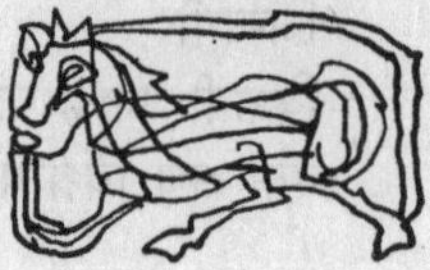

शतरंज को बाज़ी

बिसात पर मुहरे नहीं
ज़िंदा हाथी, घोड़े, राजा-वज़ीर सब खड़े हैं
अपना-अपना मोर्चा संभाले
प्रतीक्षा में उन हाथों की
जो उन्हें
आड़ा-तिरछा, सीधा-उल्टा
आगे बढ़ाएँ या पीछे हटाएँ,
तो खेल शुरू हुआ।

रख दिया गया वज़ीर आगे
'शह' की आवाज़ के साथ
किंतु बच गया राजा
हाथी की आड़ में
घोड़े आगे बढ़े
लो वह गया 'एक'
वह गया 'दो'

दोनों ओर के छोटे मोहरे
पिटते जा रहे हैं
बिसात पर अजीब कोहराम मचा है
बड़े मोहरे एक-दूसरे की शह से बचते
इधर-उधर भाग रहे हैं
चारों ओर छोटे मोहरों का खून छिटका है
डर के मारे राजा, वज़ीर, सब बचे मोहरे
अपने-अपने जिस्मों को टटोल रहे हैं
कहीं यह उनका खून तो नहीं ?

वे तो बड़ी सद्भावना से शतरंज
खेलने चले थे
यह मारा-मारी ख़ून-खराबा
कैसे हो गया ?

असमंजस में पड़े सोचते वे खड़े
खुले मैदान में जाने की तैयारी—
कर रहे हैं
किंतु वे हाथ, जो उन्हें चलाते थे
बिसात से उनके कदमों में पड़े,
—थके
शतरंज की उस खौफ़नाक बाज़ी के
ख़त्म होने का इंतज़ार कर रहे हैं

देखना यह है कि
ख़त्म बाज़ी होगी
मोहरे होंगे
या उनको चलाने वाले वे हाथ ?

सुमन राजे—

आदमक़द का दर्द

कैसे घट गया अचानक यह
कि मेरा दर्द मुझसे ही बड़ा हो गया
और रू-ब-रू आदमक़द
मेरे ही सामने खड़ा हो गया
जवाब-तलबी की मुद्रा में—
और मैं हूँ कि अपनी भाषा
किसी आले में रखकर भूल गयी हूँ।

—सुमन वसिष्ठ

बच्चन की कविता : कुछ इम्प्रेशन्स

मैं लगा रही हूँ गोते
उस अपार सागर में
निकालने के लिए मोती और मूँगे
अपने ही लिए।

मैं सुन रही हूँ यहाँ संगीत
आता हुआ चारों दिशाओं से
कि मैं घिर रही हूँ इससे...
लो, मेरा हृदय भी
बजने लगा है अब
एक साज़ ही की तरह

मैं देख रही हूँ यहाँ
नहीं हैं धुँधलके की
कोई हल्की-सी भी पर्त
हर दृश्य-चित्र भरा-पूरा है
खिली हुई धूप में।

मैं देख रही हूँ यहाँ
झिलमिलाकर सहसा
एक तारे को टूटते हुए
हृदय पर किसीके।

मैं देख रही हूँ यहाँ
बदलते हुए पूरे ब्रह्माण्ड को
एक मधुशाला में

सभी ने चढ़ा रखी है
अलग-अलग किस्म की;
इसको बनाने वाला भी है धुत्त
नशे में सृजन के।

मैं देख रही हूँ यहाँ
हाथों में हाथ
और आँखों में लाल डोरे
कोहरे की एक दीवार-सा सहसा
क्यों उठ रहा है क्षितिज ?
उस पार न जाने क्या है ?

मैं सोच रही हूँ कितनी आदिम, प्राकृत
होंगी वे चट्टानें
तराश-तराश कर जिन्हें
निकाली गई हैं ये मूर्तियाँ !

मैं देख रही हूँ एक मछेरे ने
समेट लिया है जाल
किंतु मछलियाँ तो फिर भी
तैर रही हैं बराबर
हृदय में उसके।

—डॉ० वचनदेव कुमार

कौन समझाएगा ?

हर सुबह नहीं, हर शाम नहीं
हर रात नहीं
वरन् हर पल-अनुपल
तुम मुझे तोड़ते रहते हो
जूही के डंठल की तरह नहीं
सूखी सनाठी की तरह।

हर सुबह नहीं, हर शाम नहीं
हर रात नहीं
वरन् हर पल-अनुपल
मैं अपने को जोड़ता रहता हूँ
सीमेंट जैसे ईंटों को जोड़ता है
वैसे नहीं
कातिहारिन के टूटे धागे की तरह।

हर पल-अनुपल
की यह जोड़-तोड़
हर पल-अनुपल
की यह आशा-निराशा
हर पल-अनुपल
की यह जीवन-मृत्यु
निरर्थक जिजीविषा है
या सार्थक
कौन समझाएगा
तुम्हें छोड़कर ?

श्याम विमल —

हवा और पत्थर

पत्थर उठाया उसने हवा में दे मारा
खरोंच पत्थर पर पड़ी
पथरीली जमीन पर गिरकर
शून्य में फैली रही हवा

वही पत्थर ला
उसे थमाया मैंने कहा—
इसकी सख्ती और वज़न को लेकर
चलो कुछ दूर और
वक्त के साथ
कुछ दिन और
इस वक्त हवा को अपना काम करने दो
फूलों की कुछ पँखुड़ियों का खिलना
और पीले पत्तों का गिरना
अभी बाकी है।

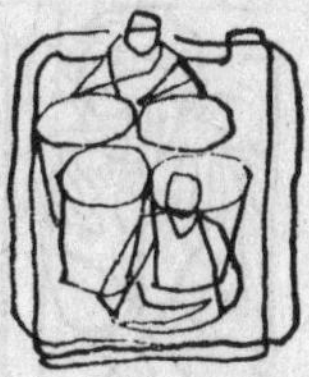

—जीवन प्रकाश जोशी

जब-जब

कोहरा फाड़कर
खिलखिलाती धूप
जब-जब निकलती है
नई उमंग जीने की
जैसे / मेरी आँखों से होकर उतरती है।

किसी कोने में कोई कली
जब-जब खिलती है
ज़माने की बहार
जैसे / मेरे मन में जी भर संवरती है

आँखों में
कोई अँधेरी जगह
जब-जब जगमगाती है
जैसे / मेरी रूह ही उस जगह मँडराती है,

दिल के मरीज़ को
कोई दवा
जब-जब सुख देती है
जैसे / मेरे कलेजे की कसक ही
कच्चे घड़े में—

सुख का / समद्र भर लेती है।

सुशील —

नया सूरज

नया सूरज उगा
और लील गया
अँधेरे के साथ ही
अँधेरों से ग्रसे हुओं का भी अस्तित्व···

और उजाला अटक गया है
ऊँची मीनारों पर
लटक गई हैं
चमगादड़ें चारों तरफ़
आँखों की पुतलियाँ नोंचती।

क्या अंधे होने के लिए ही
हमने नया सूरज चाहा था ?

—अमित

एक नकाबपोश आदमी

अचानक
दरवाज़ा खटका / देखा
एक नकाबपोश आदमी ?
मैंने कहा—
'कौन हो ?'
बोला—'भूल गए मुझे ?
मैं हूँ तुम्हारा लोकतंत्र
जिसे कत्ल किया गया था।'
मैंने पूछा—'क्यों आए हो ?'
बोला—'बाहर आओ, बहुत जल्दी !'
मैंने कहा—'क्या चाहते हो ?'
बोला—'मौत ने मुझसे कहा है,
युवा-ख़ून तुम्हें फिर ज़िन्दा कर सकता है···
मुझे तुम्हारा ख़ून चाहिए।'

विजय—

एक सत्य

एक सत्य अंकित होने दो—
शहीदों के ख़ून से
भीगी मिट्टी में
जो अन्न उपजता है
उसे खाने वाला
हर इन्सान
शहीद बनता है।...

आने वाला इतिहास
गवाही देगा—
मानव का
जितना लहू बहा जाएगा
मानवता की ज़मीन से
उतने ही
अरुण अंकुर फूटेंगे।

—कुँअर बेचैन

वर्ग भेद

1. छठी उँगली

हम न पालेंगे
अब किसी भी हाथ में, यह छठी उँगली
हम न पालेंगे।
उँगलियाँ सब कर रही हों काम
सिर्फ़ यह करती रहे आराम
छीन कर सारे बदन का ख़ून
यह बढ़ाती ही रहे नाख़ून
छील डालेंगे
अब किसी भी हाथ में, यह छठी उँगली / हम न पालेंगे।

2. बीच की उँगली

आजकल ज़्यादा दुखी है
बीच की उँगली !
काम जो भी हो
यही आगे रहे
चोट भी सबसे प्रथम
यह ही सहे
कष्ट हर, सूरज हुआ है
और यह सूरजमुखी है—
बीच की उँगली !

3. कनिष्ठिका

कनिष्ठिका है यह, इसे पहचानिए
यह बहुत छोटी
मगर है काम की
यह बड़ी पहचान आज अवाम की
है नहीं चिंता
इसे कुछ नाम की
नींव है यह, शेष चारों धाम की
आप उसपर यों न भौंहें तानिए !
कनिष्ठिका है यह, इसे पहचानिए !

—मनमोहन झा

लक्ष्य-भेद

बोलो बेटे अर्जुन !
सामने क्या देखते हो तुम ?
संसद ? सेक्रेटेरियट ? मंत्रालय ? या मंच ?
अर्जुन बोला तुरंत,
गुरुदेव ! मुझे सिवा कुर्सी के कुछ भी नज़र नहीं आता।

पुलकित गुरु द्रोण बोले,
हे धनसंचय ! तुम मंत्रीपद वरोगे
काम कुछ भी नहीं करोगे
फिर भी धन से घर भरोगे
केवल कुर्सी के लिए जियोगे
और कुर्सी के लिए ही मरोगे।

नरेन्द्र वसिष्ठ —

खच्चर

घोड़े और गधे
दोनों से मिलता है
फिर भी दोनों से कितना
अलग
लगता है वह

घोड़े की तरह
वह दौड़ सकता नहीं
सरपट
और ना ही
वह चलता है धीमे
गधे के मानिन्द

वह परेशान है
बदलने के लिए
कैसे भी
अपने गधेपन को
घोड़ेपन में

पर घोड़ा
फटकने देता नहीं
उसे अपने पास
और गधे के साथ चलने में
खानी पड़ती हैं उसे
दुलत्तियाँ।

—ब्रह्माशंकर पांडेय

वह मेरी कविता

खिड़की पर पड़े परदे को
चोंच से सरका कर
जिस संजीदगी से
कमरे में घुस आती है
तनिक ढिठाई से
भोली गौरैया वह
देखने लायक है।

ख़यालों में वैसे
बुलाता नहीं मैं
प्रतीक्षारत हुआ
नहीं लिखता उसे
लम्बा ख़त

कभी कभार वह आती है
जब से
एकांत छिन्न-भिन्न होने लगा है
कमरे के खालीपन में
एक प्रकार की समरसता भरने लगी है
मुझे छुटकारा मिल जाता है
कुछ क्षण के लिए—
मैंने महसूस किया है।

ओह आकार में
कितनी छोटी वह
पर विशालता में विशाल

उड़ेल जाती है स्नेह सारा
जिस वस्तु पर बैठती है
लौट आती है उसकी ज़िन्दगी
ठोरों से मार-मार
दीवार के दर्पण को
अंकन दे जाती है

और तब,
मैं तलाश करता हूँ
उसके जादुई स्पर्श का चमत्कार
कमरे की वस्तुओं में,
उसके द्वारा छोड़े
बिखरे हुए तिनके,
पंखों के टूटे रोएँ
और उस आवाज़ की ताज़गी में
जिसमें मेरे क्षण
न जाने कितनी बार गोते लगा चुके हैं।

नहीं
मैं नहीं कहता तुम्हें
बुहार कर फेंक आओ इन्हें
कूड़ों पर
मेरी गौरैया का प्यार
बोल बतिया लेता है मुझसे
उसमें हर बार।

उसके कमरे में आने पर
मैं रोक लगाना नहीं चाहता
वह मेरी कविता है।

—कुलदीप सलिल

यूँ ही बैठे-बैठे

यूँ ही बैठे-बैठे फिर कसक उठी है
यह काया पिघल जाने लगी हो जैसे
मन की नदी रुख अपना बदलकर
उमड़ी है किसी धुँधले से नगर में—
मैं अपने आरंभ के पास खड़ा हूँ:
हरियाली के समुन्दर का कोई छोर नहीं है,
मैं नर्म गदेलों पर लेटा हूँ जैसे
आकाश की गहराई में तैर रहा हूँ,
मेरी हस्ती किसी चिड़िया के परों-सी
निर्बाध हवाओं में बहने लगी है,
मुक्त हुआ हूँ अपने गुनाहों से घड़ी भर
दर्द ज़माने के कहीं डूब गए हैं,
संघर्ष गए हैं अवकाश पे शायद
कोई अनजान-सा मोह जाग उठा है !

यूँ ही बैठे-बैठे फिर कसक उठा है।

जगमोहन चोपड़ा —

क़ब्र होता आदमी

क़ब्र पर चदरा चढ़ाते हुए
तब उन्होंने दुआएँ माँगी
और काँपते हुए हाथों से
दीया जलाया था
घुप्प काली रात में
पाँचों क़ब्रें जाग उठी थीं
सैयद बाबा, सैयद बाबा करता हुआ तब वह
क़ब्र के ठंडे फ़र्श को चूमने लगा था।

पास के ताल से मेढक टर्रा उठे थे
और वृक्ष काले लबादों में
प्रार्थना के लिए चले आए थे
मीठी फूलियों का प्रसाद
और चदरा उनके जाते ही
उतार लिया गया था

और क़ब्र टकटकी बाँधे
टूटी ईंटों के ढूह के पार
ताकने लगी थी
दूसरे कफ़न की इन्तज़ार में।

तब ठंडी क़ब्र की सिहरन उसे
कहीं अन्दर से छील गई थी
और टिमटिमाते दीये
उसे घूरने लगे
जुमेरात जब उसने काँपते हाथों से
दीया जलाया था
तब ख़ामोश वृक्ष भी
काले लबादों में चले आए थे।

—अरुण सेदवाल

वंशज

काश
शब्द होते भोजन
उनको ही खाकर
भर लेता
पेट

काश
शब्द होते वस्त्र
उनको ही तन पर लेता
लपेट

पर
ये तो हैं वंशज
आवारा कुत्तों के
खुले आम दिन-रात अ
भूँक-भूँक कर दिलाते रहते हैं
याद—
कि मैं भूखा हूँ
कि मैं नंगा हूँ।

भगवानस्वरूप चैतन्य —

फल

नेकी
का फल
बदी !
20वीं सदी ! !

मुद्रण-सुख

दैनिक अख़बार की तरह,
रोज़ पढ़े जाते हैं हम।
रही के ढेरों में पड़े-पड़े
शर्म से गड़े जाते हैं हम।

फाड़ता कोई
हमें लपेटता कोई।
बाँटता कोई,
हमें समेटता कोई ! !

चीख़-चीख़ ख़बरें / कथाएँ / कविताएँ
रो-रोकर बाँचते-सुनते हैं हम !
बदलेंगी तारीखें / बदलेंगे हम।
टूटेंगे जीवन के / विज्ञापन-भ्रम।

रोज़-रोज़ ऊँघती
सभाओं के समाचार
'मुद्रण-सुख'
छप जाते हम।

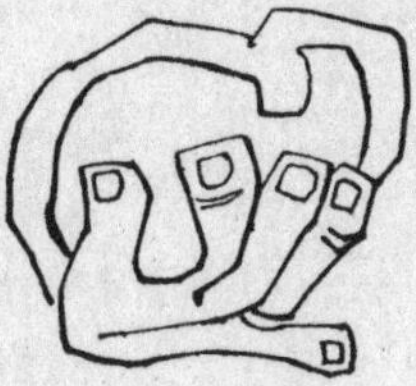

—महेश उपाध्याय

पास का अलगाव

नज़्म-से दिन
ग़ज़ल-सी रातें
कहाँ हैं अब !

कहाँ है रंगीन अगवानी
बंद है
ग्यारह बजे के बाद जैसे
नलों में पानी

क़हक़हों-सी
मस्त बरसातें
कहाँ हैं ? अब !

खा गया यह वक्त भूखा
फूल-पत्ती को
पास का अलगाव
घर की भरी खत्ती को
सरल शब्दों में
तरल बातें
कहाँ है ? अब !

अंधा समर्थन

न तो हवा तेज़ है
और न फल ही लदे हैं
फिर भी
उस पेड़ की टहनियाँ
एक ही ओर को
क्यों झुकी जा रही हैं ?

—विश्व मोहन

हाथी और आदमी

कल की ही बात है
जब हाथी गली से गुज़रा था
झूमता हुआ, इतराता हुआ
नुकीले दाँत निपोड़ता हुआ
मस्ती में वह कभी किसी को
सुँड़ से लपेट लेता था
तो कभी किसी को
अपनी पूँछ की चाबुक से
मार बैठता था
तो किसी को नुकीले दाँत
चुभो देता था
लोग अपनी-अपनी
छतों पर आ गए थे
औरतों ने किलकारियाँ भरी थीं
बच्चों ने तालियाँ पीटी थीं
इसे हाथी का तमाशा समझकर।
वही हाथी
आज फिर गली से गुज़रा है
उजाड़ता हुआ, रौंदता हुआ
दाँतों से चीरता हुआ
सूँड़ से लपेटता हुआ
पूँछ से मारता हुआ
मदहोश हो दहाड़ता हुआ—
'तहस नहस कर दूँगा

पूरी बिरादरी को
मेरे ही राज में
मुझपर उँगली उठाता है !
तेरी यह हिम्मत ?'
शायद हाथी
इस इतिहास-बोध को
भूल गया है कि
आदमी ने आज तक
ज़्यादा हाथी पकड़ा है
या हाथी ने
ज़्यादा आदमी को रौंदा है ?

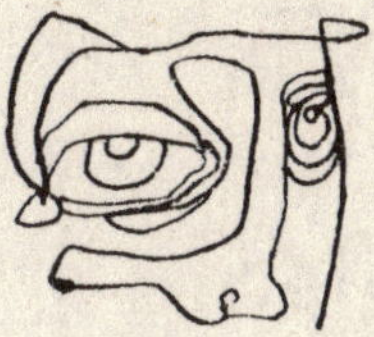

—सुरेश पन्त

ठीक है

यह ठीक है—
कोई बंदूक मेरे हाथ में नहीं है
पर मैं गोलियाँ दाग रहा हूँ
लगातार शब्दों की
इनकी मार
तुम्हें चुभेगी अवश्य
यह बात और है
कि तुम्हें दर्द न हो अभी।

ये शब्द
हथौड़ा नहीं हैं
तुम्हारी कनपटी पर
चोट नहीं की जा सकती इनसे
पर ये कभी न कभी
तुम्हारी खोपड़ी के अन्दर घुसेंगे
उस भुस को जला डालेंगे
जिसे तुम दिमाग़ समझ बैठे हो।

बात यह है दरअसल
कि नफ़रत की लड़ाई से
कतराते रहे हैं ये शब्द
यह भी ठीक है।
कि तुम इनसे भी नफ़रत करते रहे हो।

जिस ज्वालामुखी से
मैं उगल रहा हूँ इन्हें

वह आयातित नहीं है
तुम्हारी मोटी खाल की भाँति
मैं जानता हूँ
मेरी गोलियाँ तुम्हारी खाल को काटेंगी
ठक्-ठक्
जैसे कोई कठफोड़वा
कुरेदता रहता है
शीशम का रुग्ण तना
कि तुम उसे कैंसर नहीं मानते—
यह ठीक है।

मैं विश्वास नहीं करता शोर में
शोर से कोई मरता भी नहीं
जिस गोली से कोई मरता है
उसकी आवाज़
वह सुन नहीं सकता कभी।

—रमेश गौड़

तब और अब

जब वे चोर दरवाज़ों की तलाश में थे
वह मुख्यद्वार के कीलों-भरे कपाटों को
जिस्म के धक्कों से तोड़ने की कोशिश कर रहा था।

जब वे अन्दर पहुँच चुके थे
वह अपने खून की गर्मी से
लौह अर्गलाओं को पिघलाने की कोशिश कर रहा था।

जब वे सिंहासन के सामने नज़राने पेश कर
सुविधाओं की बगल में जा सोये थे
वह अपने जिस्म में बारूद भर
किले की सुरंग में लेटने की तैयारी कर रहा था।
लेकिन तभी
कंगूरों को तोड़ता दीवारों को ढहाता
ज़मीन से एक बवंडर उठा
और तख़्त और तख़्तनशीन को साथ ले
ख़ला में ग़ायब हो गया
—और वे ख़ुशी से चीख़ उठे—
आज़ादी !

दूसरी आज़ादी !

और फिर उन्होंने मलवे के ढेरों पर
सिंहासन बना लिए

—और अब, जबकि वे तख़्तों पर बैठे हैं
वह सामने कटघरे में खड़ा है,
उस पर आरोप है कि वह
आज़ादी की जड़ें खोखली करने की कोशिश कर रहा था।

—पुरुषोत्तम प्रतीक

मौन मन मत रह

मौन मन मत रह
बोल रे क्या हाल है कुछ कह !

मर न जाएँ भाव
घुट-घुटकर
किसलिए है कंठ तेरे स्वर
हो मुखर

शब्द कड़वे हों भले ही पर
चहकते अर्थ हों चह - चह

क्या कहा तूने
उठे हैं रेत के बादल
इनमें नहीं है जल
तो खुद बरस

देखने में तो लगे बरसात
पर दहकते अर्थ हों दह - दह !

रामकुमार कृषक—

ख़ास के ही वास्ते है आम !

ख़ास के ही वास्ते है आम !

आम···
गलियों में
सड़क-फुटपाथ पर
बेतरह छाया हुआ है आजकल
पाल का
या डाल का टपका हुआ
आम कल-जुग का बहुत ही ख़ास फल

ख़ास ही है
नाम फिर भी आम !
आम···
खाओ काट
चाहे चूस लो
गंध इसकी-सी न पायेगी कहीं
खाद-पानी की
कमी में भी सदा
आम मीठा ख़ासकर होता यहीं

ख़ास का यों
नाश्ता ही आम !

—डॉ० देवेन्द्र दीपक

पहचान

यदि कोई कुर्सी पाएदार है
तो यह ज़रूरी है
कि वह लोगों से घिरी हो,
उस कुर्सी पर बैठने वाले के लिए तो
यह निहायत ज़रूरी है
कि वह उन लोगों को पहचाने।
इन लोगों में दो नस्ल के लोग हैं—
एक नस्ल चापलूसों की है
दूसरी नस्ल वफ़ादारों की है

हर देश में,
हर काल में,
वफ़ादार सदा ही
अल्पसंख्यक रहे हैं।
चापलूसी और वफ़ादारी
दो अलग-अलग बातें हैं—
यह ज़रूरी नहीं है कि
हर वफ़ादार चापलूस हो,
और यह तो
कतई ज़रूरी नहीं है कि
हर चापलूस वफ़ादार हो,
आप मानिए
या न मानिए
लेकिन यह एक सच्चाई है कि

चापलूस
कभी नीम नहीं हो सकता,
और वफ़ादार
सदा शहद नहीं हो सकता।
भाषा के प्रयोग में
चापलूस को
भाषा की बारीकियाँ। ख़ूब आती हैं।
लेकिन वफ़ादार
खड़ी बोली बोलता है

चापलूसों से घिरे रहने का अर्थ है
छेद वाली नाव पर सवार होना
छेद वाली नाव पर सवार होने का अर्थ है
नाव का देर-सबेर डूबना
और छेद वाली नाव
कभी किनारे पर नहीं डूबती !

अपनों के द्वारा ही
जंगल में ले जाकर
क़त्ल कर दिये गए
इतिहास-पुरुषों की सूचियाँ कहती हैं—
इन दो नस्लों के बीच
पहचान की
पैदा करो
तमीज़
आस्तीनों को देखो
नहीं तो काटेगी
कमीज़।

चुप्पी की दहाड़

भय के कारण जिनकी जीभ
कल कंठ के नीचे उतर गई थी
वह भी अब कहने लगे हैं
हम चुप थे तो क्या
हमारी चुप्पी भी दहाड़ होती है ,
आपकी हो या न हो
हमारी हर राई पहाड़ होती है।

स्वदेश भारती—

तुम जाओगे कहाँ

कहाँ है जगह तिल भर बची
तुम जाओगे कहाँ
हर ओर मौत के पंजे
कैकटस के घने जंगल की तरह खड़े हैं
बायें-दायें
आगे-पीछे
हर ओर अहसास की हत्या करने के लिए
हवा में फैली हैं तलवारें
हरे मौसम पर खौफ़नाक आँधी घिर आई है
कहाँ है जगह तिल भर बची
तुम जाओगे कहाँ।
उत्तर से दक्षिण
पूरब से पश्चिम
एक अंतहीन घुमाव में भटकने के अतिरिक्त
कहीं कुछ नहीं
सारे रास्ते अंधकार में डूबे हैं
एक-दूसरे में समाहित
आज तो सही आदमी का अर्थ आदमी की मजबूरी है
मजदूरी करने से केवल
पेट भरा जा सकता है
आदमी का अहम नहीं—

फिर कहाँ है तिल भर जगह बची
तुम जाओगे कहाँ
अपने में ही डूबे हुए बीमार लोग हैं
और जो तीमारदारी कर रहे हैं / वही असली रोगी हैं /—
करते निर्माण अस्पतालों के / बनाते नये जीवन के खाके /
या साज़िशों के पुल / या कुतरते चूहों की तरह / हरी-भरी
फसलें··· / ऐसे में कहाँ है तिल भर जगह बची / आख़िर तुम
जाओगे कहाँ !

कृतज्ञता

मैं कृतज्ञ हूँ उन सभी का
दिन, मास, ऋतुओं और वर्षों का,
जिन्होंने मेरे अहम् को बार-बार तोड़ा। डुबोया
बहुत गहरे—
मैं कृतज्ञ हूँ अपने चारों ओर घिरे संबंधों का
जो मेरे अंतस की ढही दीवार को
पुनर्निर्मित करने के लिए नई ज़मीन नहीं दे सकते।
और पग-पग पर
अस्वीकार के प्रश्न-चिह्न लगाते हैं—
मैं कृतज्ञ हूँ इस शताब्दी का
जिसने मेरे दिमाग़ के
टुकड़े-टुकड़े कर आत्महंत क्षणों के बीच—
सड़कों, फुटपाथों पर फेंक दिया।
मैं कृतज्ञ हूँ उन तमाम घुटन-भरी दिनचर्याओं का
जिन्होंने धुंध-भरी शामें और उदास,
बेहद उदास सुबहें दीं।
मैं कृतज्ञ हूँ। सचमुच कृतज्ञ हूँ अपने आपका
जिसने भूखे भेड़ियों द्वारा घायल,
इस शरीर का लबादा पहन रखा है।

भागवत रावत —

आदमी पर

लिखी नहीं जातीं अब कविताएँ
दरअस्ल मैं अब
फूल पत्ती दरख़्त पहाड़ नदियाँ
जंगल समुद्र
यहाँ तक कि
कविताओं से हटकर
सीधा
आदमी पर आना चाहता हूँ

आदमी
जिसमें समाहित हैं
फल पत्तियाँ दरख़्त पहाड़ नदियाँ
यहाँ तक कि
धमनियों शिराओं में
बहते रक्त की तरह
फैली हैं कविताएँ।

कटोरदान

अलमुनियम का वह दो डिब्बों वाला
कटोरदान

बच्चे के हाथ से छूटकर
नहीं गिरा होता सड़क पर
तो यह कैसे पता चलता
कि उसमें
चार रूखी रोटियों के साथ-साथ
प्याज की एक गाँठ
और दो हरी मिर्चें भी थीं
नमक शायद
रोटियों के अंदर रहा होगा
और स्वाद
किन्हीं हाथों और किन्हीं आँखों में
ज़रूर रहा होगा

बस इतनी ही थी भाषा उसकी
जो अचानक
फूटकर फैल गई थी सड़क पर
यह सोचना
बिल्कुल बेकार था कि उस भाषा में
कविता की कितनी गुंजाइश थी
या यह कि बच्चा
कटोरदान कहाँ लिये जाता था।

प्रमोद त्रिवेदी —

नदी

मैं
शब्द देकर रिक्त हो जाता हूँ
तुम,
अपना जल देकर सम्पन्न होती हो
तुम नदी हो···

मैं
तोड़ता हूँ सन्नाटा
पर खुद भी टूट जाता हूँ
अपनी धार से
तुम तोड़ती हो कगार
पर ख़ुद कभी नहीं टूटती
तुम नदी हो···

अपने आस-पास अनवरत ध्वंस
और भीतर ज्वालामुखी के
स्फोट लिए भागता हूँ मैं
और तुम
अपनी धारा से पत्थरों को सतत घिसकर
उनमें आदमी की आस्था प्रतिष्ठित कर देती हो
तुम नदी हो···

मैं कोशिश करता हूँ हर बार
और नतीजा ? ···

तुम फैला देती हो उपजाऊ मिट्टी की पर्त
तुम नदी हो···

मैं, आता हूँ तुम्हारे पास
ख़ाली हाथ
और तुम सम्पन्न कर
मुझे लौटाती हो
तुम नदी हो···

अपने भीतर
एक जलता हुआ रेगिस्तान लिए
भटकता हूँ मैं
परेशान
तुम्हारी तलाश में
और तुम गर्म रेत में बहने लगती हो अचानक
और
एक पौधा लहलहाने लगता है
तुम नदी हो···

राजकुमार सैनी —

मौक़ा-शनाख़्त

सन् '74 में वह—
कहा करता था। चाहिए। इस देश को एक हिटलर
चाहिए।

सन् '75 के पूर्वार्ध में। मैंने उसे देखा। आपात्काल की
प्रतीक्षा में वह चौकड़ी मारकर बैठा। पलकों के पाँवड़े
बिछाए। लोकतंत्र और समाजवाद का माखौल उड़ाता
हुआ।

सन् '76 में वह—
रेंगता था सड़कों पर। प्राणों की भीख माँगता हुआ।

सन् '77 में वह—
फ़ोटो खिंचवाता है। चेहरे बनाता है। नए-नए। छप-
वाता है। क़िस्से, कहानियाँ, कविताएँ, वक्तव्य।
आपात्काल के ख़िलाफ़।

सन् '82 में वह—
कहेगा। पूरी बेहयाई के साथ। कि वह मजबूर था।
है। और रहेगा। कुछ-कुछ हवा-हालात से (या हवालात
से)। कुछ अपने-आपसे।

चेहरा अथवा कोलाज ! कलाबाज़ या कालबाज़ ! कहो
उसे चालबाज़। उसे कोई फ़र्क नहीं पड़ता।

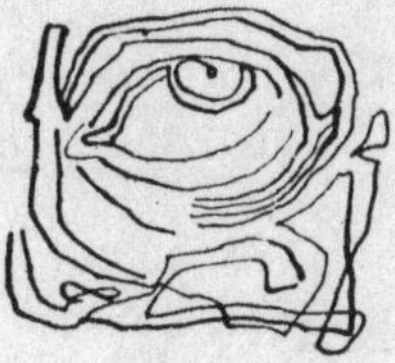

—नरेन्द्र जैन

सुबह धूप फैलेगी

उस रात
लौटकर मैंने सोचा
दुनिया ठीक-ठाक हो जायेगी
एक बूढ़े आदमी को तसल्ली से
भरा हुआ था मैं
मुझे बहुत अच्छी नींद आयी
गाढ़ी और लम्बी नींद

वह बहुत राहत-भरी रात थी
जिस रात मैंने सोचा
सबके लिए यहाँ जगह होगी
बच्चे, खरगोश, धूप, किताबें, नौकरी
काम, छुट्टी, समुद्रतट, कविता, कहानी, मर्सिया
सब कुछ पढ़ा जायेगा घर में
दुनिया और घर
सब ठीक-ठाक हो जायेंगे

सुबह अखबार आयेगा
एक अच्छी दुनिया के लिए
नागरिकों को मुबारकबाद देता हुआ
संगीत बजेगा
एक अच्छे घर के लिए
व्यवस्था को मुबारकबाद देता हुआ

सुबह
चारों दिशाओं से
कविताएँ बोलेंगी
आदमी को मुबारकवाद देती हुई।

सुबह
नयी-नयी कहानियाँ
शुरू होंगी
ठीक-ठाक दुनिया की कहानियाँ

सुबह
बच्चे और खरगोश जन्म लेंगे
एक नयी दुनिया में पैदा होने का गर्व लेकर

सुबह धूप फैलेगी
धूप फैलेगी
एक नयी ज़मीन पर उतरने का
पागलपन लेकर

उस रात
दुनिया जरूर थक गयी होगी
मेरे सामने से
लगातार गुज़रते हुए

वह
इतनी लम्बी नींद थी
इतना लम्बा सफ़र
जिस रात मैंने सोचा।

रहती है एक औरत

मेरे घर के सामने
रहती है एक औरत
जो शाम को संजा कहती है
और नवम्बर को कार्तिक
मुझे बहुत अच्छा लगता है।

जो संजा होते ही
दिया जलाती है और
पड़ोस के एक कुत्ते के लिए
(जिसे वह मोती कहती है)
रोज एक रोटी बनाती है
मुझे
बहुत अच्छा लगता है।

जो हफ़्ते में एक दिन
गेरू और खड़िया से
आँगन और दीवार के हाशिये को
रंगती है
और सुबह-शाम
गमले में लगे पेड़ को पानी देती है
मुझे
बहुत अच्छा लगता है।

मेरे घर के सामने
रहती है
एक औरत।

अजीत चौधरी —

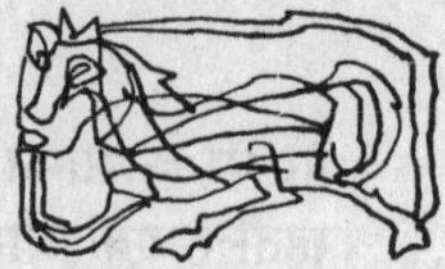

लोग क्या करते हैं

जब हम लोगों की दुखती रग छूते हैं
तो लोग क्या करते हैं ?
लोग, वाह ! वाह ! ! करते हैं
जब हम भूख के बारे में कहते हैं
तो लोग क्या करते हैं ?
लोग, तीर्थयात्रा पर निकल जाते हैं
जब हम मुक्ति के बारे में कहते हैं
तो लोग क्या करते हैं ?
लोग राजा के दर्शन करने जाते हैं
जब राजा मर जाता है
तो लोग क्या करते हैं ?
लोग अपने बच्चों को उसके ऐश्वर्य के क़िस्से सुनाते हैं
जब हम कविताएँ लिखते हैं
तो लोग क्या करते हैं ?
लोग अपने घर छोड़ने को कहते हैं
जब हम घर छोड़ देते हैं
तो लोग क्या करते हैं ?
लोग कहते हैं, वह यहाँ रहता था।

मुट्ठियाँ तानकर

एक दिन उसका बेटा बोला
किसी रोज वह

आकाश जीतकर आँगन में डाल देगा
और उसमें गुम अपनी पतंगें ढूँढ़ेगा
वह सबसे ऊँचाई पर उड़ रही चिड़िया की
धड़कन सुनेगा
और चिड़ियों को उनके टूटे पंख लौटायेगा
अपने दोस्तों को उनके मनपसंद तारे बाँटेगा
वह उसमें देखेगा कि
सूर्य कितना बूढ़ा हो चुका है
चन्द्रमा, तारों और नक्षत्रों पर
कितनी धूल और जंग चढ़ चुकी है
वह उन्हें माँजेगा और सूर्य से कहेगा :
"अब इनकी तरफ देखो"
वह बादलों से कहेगा कि "हाथ बाँधे आओ"
जहाँ-जहाँ विभक्त है तुम्हारा जल उसे लाओ
और यहाँ रचो एक मीठे जल का समुद्र
उसमें तैरने दो बिजलियाँ, इन्द्र धनुष
और किरणों की सप्तरंगी आब
वह कहेगा हवा से कि तुम
जहाजों के पालों में बैठो
और उन्हें किनारे पहुँचाओ
किसी दिन वह अपनी चिड़िया इच्छाओं से कहेगा
कि तुम तारों की सीढ़ियों पर फुदको
और इस आकाश में एक बगीचा उगाओ
फूलों और फलों से लदी डालियों पर
अपने घोंसले लटकाओ
और उनमें से किसी को मेरा नाम दो।

उदय प्रकाश —

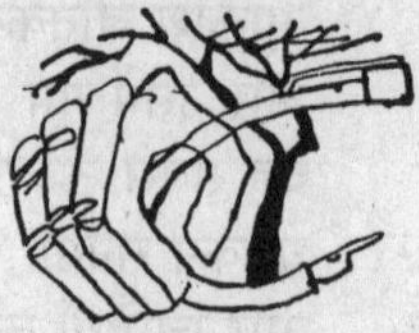

पिता

पिता
झाड़ - झंखाड़, घाटियों और पत्थरों से
भरे चटियल मैदान थे
पिता
सागौन, शीशम, बबूल, तेंदुओं और हिरनों से
भरे बीहड़ थे।

बचपन में अक्सर
किसी ऊँचे टीले पर चढ़ कर
मैं आस-पास के गाँवों में
ललकार दिया करता था।

नाके के पार
शहर तक में
पिता का रौब था।
एक-एक इमारत पर
उनकी कन्नियाँ सरकी थीं।
एक-एक दीवार पर
उनकी उँगलियों के निशान थे
हर दरवाजे के काठ पर
उनका रन्दा चला था।

नाके के इस पार
जहाँ से गाँव की वीरानगी शुरू होती है
हर खेत की कठोर छाती पर
पिता अपनी कुदाल
धँसा गए थे।
हल की हर मूठ पर
उनकी घट्टेदार हथेलियों को छाप थी।
हर गरियार बैल के पुट्ठों पर
उनके डण्डे के दाग़ थे···

बचपन में
पिता के कन्धे पर बैठ कर
मैं बाज़ार घूमने जाता था।

पिता पहाड़ की तरह
चलते भीड़ के बीच
उनके कन्धे पर मैं
जंगली तोते की तरह बैठा रहता।

बाद में पिता
ग़ायब हो गये
कहते हैं खेत, कुदाल,
बैल, इमारतें, ईंटें, दरवाज़े, बाज़ार
उन्हें पचा गये।

मुझे लगता है
उस चटियल मैदान
के भीतर (जो पिता थे)
ज़मीन की दूसरी-तीसरी पर्तों में

सरकता हुआ कोई
नम सोता भी था

जो मेहनत करते
पिता की देह के अलावा
कभी-कभी मेरी आँखों से भी
रिसने लगता था।

वसंत

रेलगाड़ी आती है
और बिना रुके चली जाती है

जंगल में
पलाश का एक गार्ड
लाल झंडियाँ दिखाता रह जाता है।

—सोमदत्त

तरक्की का मतलब

लालटेन के उजाले में पढ़ती
पंचायत, जिला परिषद का पाठ
लड़की, बेटी
तरक्की का मतलब पूछती है
अंतरिक्ष की शटल
चलने को है अधर में, टेलीविज़न पर पाठ
'नई दुनिया' अख़बार में डूबा मैं
बाती में उग आये कालिख के फूल
झराता हुआ चाबी घुमाकर, मैं
कहता हूँ··· जैसे जैसे···
मानो किसी दिन
हमारे गाँव में बिजली आ जाये
स्कूल आ जाये कुआँ आ जाए
दो कोस खेत-खेत न जाना पड़ा तुझे, तेरी महतारी को
मेड़-मेड़
पढ़ने पानी लाने या···
या···जैसे···तू
कभी-कभी खिलखिलाने की जगह
हर रोज खिलखिलाने लगे।

राजेश जोशी —

चप्पल

चल चप्पल
अपन भी चलें बाहर

बाहर
जहाँ कोहरा तोड़कर निकली हैं सड़कें
अपनी पीली कन्चियाँ फेंककर
मैदान में आ डटा है नीम
बाहर
जहाँ तिरछी नंगी तलवार पर चलती
ऊपर जा रही हैं ओस की बूँदें
नंगे पाँव।

चल चप्पल चलें बाहर
किसने उतारा जानवर का चमड़ा
पकाया किसने उसे सिरके की
तीखी गंध के बीच खड़े रहकर।

किसने निकाला लोहा ज़मीन से
ढाला किसने उसे तार में
किसने बनायीं कीलें
किसने बँटा कपास
तागा किसने बनाया
किसने चढ़ाया मोम

राजा ने तो कहा था
'सारी पृथ्वी पर मढ़ दो चमड़ा'
किसने खाया उसकी मूर्खता पर तरस
हुक्म अदूली किसने की
किसने चुना पैरों को
राँपी किसने चलायी
पैर की माप से
किसने काटा सुकतल्ला
चल आज उधर चल

बबूल के काँटों
काँच की किरचों और कीचड़ से बचाने वाली
बचाने वाली
तपती सड़क के ताप से
मेरी घुमक्कड़ी में
मेरी थकान की हिस्सेदार।

मेरी रोज़ी-रोटी से
मेरे आत्मीयों तक
मुझे रोज़ ले जाने वाली
मेरी दोस्त

आज चल उधर
उस बस्ती की ओर
जहाँ हाथ सक्रिय हैं
पैरों की हिफाजत के लिए
और जहाँ से
नये शब्द
प्रवेश करते हैं दुनिया में।

चल चप्पल
आज चलें उधर।

नौवीं मंज़िल

सचिवालय की नौवीं मंज़िल से देखो
नौवीं मंज़िल से शहर
कितना सुन्दर दिखता है।

सचिवालय की नौवीं मंज़िल से देखो
नौवीं मंज़िल से सब कहीं
सब कुछ हरा-भरा दिखता है।

कला-दीर्घा की दीवार पर
अमूर्तन शैली में जैसे
कोई हरा लैंडस्केप।

नौवीं मंज़िल
आह ! नौवीं मंज़िल !

नौवीं मंज़िल में केबिन में
टहलता अफ़सर
सोचता है—
कितना झूठ, कितना ग़लत
सूखे और भूख का शोर
कितनी हरी-भरी है धरती
एक हरी-भरी कविता की तरह !

नहीं, न वह हरी ऐनक लगाए है
न सावन का अन्धा है
उसके अनुभव का संसार ही
हरा-भरा है
और
वह
ज़मीन से नौ मंज़िल ऊपर खड़ा है।

✡

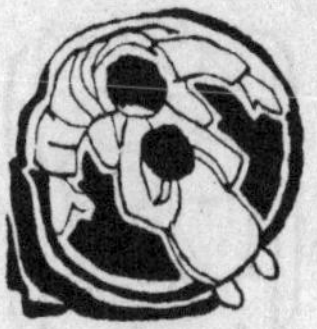

—डॉ० विश्वंभरनाथ उपाध्याय

हर साल

ऐसी ही पत्तियाँ हर साल निकलती हैं
प्रत्येक वर्ष अफ़वाह होती है
कि ऋतुराज आ गया है
कभी-कभी तो लगता है,
सचमुच आ गया है !
लेकिन अजीब बात है, हर बार एक जैसा ही होता है
हर बार जहाँ जो खिलता आया है
वही खिलता है
कहीं, कुछ भी नहीं अप्रत्याशित
सबके सब उद्धरण बनने को लालायित
लाचारियों का गवाह हूँ
क्या अंतर पड़ता है, कोई खिले या विगत हो
यह सब जो है, यों ही है
क्या फर्क पड़ता है।
अगर पास बैठा चमत्कारी हो
या चुग़त हो !
न कोई षड्यंत्र है, न बदला है।
मजबूरियों का एक अंतहीन सिलसिला है।
न इन्हें चुनना है, न चुकना है
चुपचाप तकना है
ऋतुराज हो या अन्य कोई राज।

विश्वनाथ त्रिपाठी—

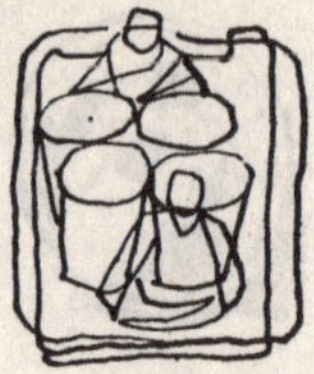

बच्चे

इस कटीली सर्दी और
दिन को रात, रात को दिन बनाते हुए
कोहरे में भी
बच्चे घर से बाहर निकल आने को आतुर हो रहे हैं
तिमंज़िली मकान वाले लाला का बच्चा
टोकरी में रोते और खेलते
जमादार के बच्चे की ओर ललक रहा है
स्कूटरधारी अध्यापक का बच्चा
कोयले फूँकता धोबी के बच्चे की
ओर ऊँ-ऊँ कर रहा है।
कमरों में जाड़े से भयभीत माँ-बाप के बच्चे
जूता-मोज़ा-कनटोप उतारकर फेंक रहे हैं
चीख़ रहे हैं, चिल्ला रहे हैं
हथेलियों से बन्द खिड़कियों पर धपाधप कर रहे हैं
हथेलियाँ बन्द होकर मुट्ठियाँ नहीं बन पातीं
निशाना ठीक नहीं पड़ता
लेकिन वे हथेलियों को मुट्ठी बनाने की कोशिश करते हैं।
खिड़कियों, दरवाज़ों से सर निकालकर झाँकते हैं
धूप और सोहबत के लिए गर्दन झटकाते हैं
डैनों जैसे हाथ-पैर पटकते हैं
चोंच जैसा मुँह खोलते हैं।
यहाँ तक कि माँ की गोदी से भी रह-रहकर
निकल भागते हैं।

बच्चों को डरा-धमका कर,
प्रलोभन देकर,
सुला दिया गया है।
उन्हें जूता-मोजा-कनटोप फिर से पहना दिया गया है
निष्चेष्ट कर दिया गया है।

निष्चेष्ट होकर बच्चे सो गये हैं
सोते बच्चे स्वप्न देख रहे हैं
वे धूप शब्द का नहीं
शब्द रहित धूप का, रंग का, आसमान का, फूलों का
सपना देख रहे हैं।
लाला का बच्चा, जमादार का बच्चा, अध्यापक का,
धोबी का बच्चा
सब आपस में मिल रहे हैं

यह स्वप्न-दृश्य पहले दृश्य का धड़कता हुआ दिल है।

गिरधर राठी—

स्वर्ग से एक और रपट

1
मृत्यु-लोक से वे आते हैं
देवता की तरह
और राक्षस बनते चले जाते हैं
स्वर्ग में क़ानून और व्यवस्था की विडंबना है यह भी

आधे देवता और आधे राक्षस
फिर वे मृत्युलोक के लायक़ नहीं रह जाते

2
स्वर्ग में घी के पहाड़ थे
दूध के जंगल
चैन के चक्रवात

हम भूल आए थे नाख़ून
और रोयें

3
औरतें देवियाँ थीं
आदमी देव
स्वर्ग में बच्चे नहीं थे
4

धीरे-धीरे ख़त्म होती जाती है
मानुष गंध
स्वर्ग में

स्वर्ग एक और मृत्युलोक बन जाता है।

—कुमारेन्द्र पारसनाथ सिंह

भंगी कोलोनी (2)

बाबू, यह ठीक है
कि तुम मेरी बहुत चिंता करते हो।
मगर देखते तो हो
कि तमाम हो-हल्ला के बावजूद
मुझे लोग एड़ी के नीचे मसलते रहते हैं
और जिन्हें लूटना है वे मेरी इज़्ज़त
दिन-दहाड़े लूट ही लेते हैं।
और ई सब देखकर,
मैं जानती हूँ बाबू,
तुम्हें बहुत दुःख होता है।
मगर ई सब से क्या होगा—
तुम्हारे दुःख का रिश्ता मेरे सुख से नहीं है।
तुम पर मेरी इज़्ज़त लूटने का अधरंग एक दिन
लगाया गया था
जबकि बाबू,
तुम मुझे अँधेरे में बलात्कार से छुड़ाने के लिए
आगे बढ़े थे—
अकेले साहस बटोरकर आगे बढ़े थे—
मैं तो तब होश खो चुकी थी,
मगर बाद में सुना—
उस रात तुम्हें बहुत पीटा गया था।
और जब तुम ख़ून से नहाये बेहोश पड़े थे,
तुम्हें रस्सा लगाकर थाने पहुँचा दिया गया था।

मुझे इसका दुःख है—
बहुत दुःख है।
मगर बाबू, पूछती हूँ,
इससे भी क्या होगा !
जब तक मेरे घर की छत और दीवारें पोख्ता नहीं होतीं,
तब तक तुम्हारे जान दे देने से भी मैं कहाँ बचूँगी !
अब तक मेरे घर वाले
दारू की बोतल और ताड़ी की लबनी में
कैद होने के लिए
अपनी ज़बान और हाथ कटाते रहेंगे,
तब तक मेरी ख़ैर कहाँ है !
और बाबू, जरा ई तो बताओ
कि ई भंगी और अछूत क्या होता है ?
जिसकी जेब में पैसा,
और हाथ में अधिकार होता है
वह आदमी फिर दूसरा कैसे हो जाता है ?
बाबू, ई दूसरा आदमी,
चाहे मेरी झोंपड़ी में हो, चाहे तुम्हारे घर में,
उसकी जात एक होती है।
न छोट ख़राब है, न बड़
ख़राब तुम्हारा ई दूसरा आदमी है—
बिलकुल जल्लाद होता है—
राक्षस !
बाबू, करना ही है तो पहले इस दूसरे आदमी का
हिसाब करो।
और फिर मेरी छत और दीवारों को भी
अपनी-सी मज़बूत करो—
किसी के भी सामने फैलने की
मेरे मुँह और हाथों की आदत को बदलो—
अपने ढंग से बोलने,
और अपने ढंग से उठने का
उन्हें मौक़ा दो !

सच कहती हूँ बाबू,
पहले मेरे हाथों को अपने हाथों की बराबरी में उठने तो दो।
फिर देखो,
मैं अपनी रक्षा अपने आप कर लेती हूँ।
तब मैं तुम्हारे माथे का बोझ नहीं होकर
तुम्हारे हाथों की ताक़त हो जाऊँगी।
और किसी को पता तक नहीं होगा
जबकि मैं तुम्हारी धरती की हरियाली बनकर लहराती
रहूँगी।

बाकि ए बाबू,
ई कानून-वानून का तुम्हारा चक्कर क्या है ? / कानून से
भी क्या कोई आदमी बनता है ? / बोलो ना, कौन बड़ा
है—कानून या आदमी ? / अरे बाबू, / बनाना ही है, तो
पहले आदमी बनाओ ! / न छोटा / न बड़ा / न छूत न
अछूत / बस आदमी ! /
और तुम तो सब समझते हो बाबू,
तुमसे क्या कहना !
ऊँच और नीच का,
काले और गोरे का फ़र्क ख़ून नहीं मानता,
जहाँ भी काटो, ख़ून लाले निकलेगा।

मणि मधुकर—

दावत

बटोही से उसने कहा : हे बन्ने राजा !
मुझे अपने साथ ऊँट पर बिठालकर
ले चलो
तीन-कम-तीस-कोस पर मेरा घर है

बटोही ने घुर-जंगल में खड़ी हुई उस औरत
की तरफ़
नज़र उठाकर नहीं देखा और चला गया

फिर पटवारी आया
सरपंच आया, साहूकार आया और अंत में
परधान जी आए
औरत ने सबसे पुकार-पुकार कर कहा : कुँवरजी !
साहब जी ! प्यारे मियाँ !
मुझे भी अपने संग ले चलो
इस बनखंड में मैं अकेली हूँ और आठों पहर
मेरे कानों में
बच्चों की आवाज़ गूँजती है

वे बहरों की तरह बड़े-बड़े कदमों से पूरा मुल्क
लाँघते चले गए
उनके पास शायद फ़ुरसत नहीं थी
पर औरत
वक़्त से टूटकर अलग जा पड़ी थी

इसलिए वहीं खड़ी रही
रात हो गई और जानवर एक दूसरे को
दावत के लिए बुलाने लगे
औरत ने उन्हें पहचान लिया
दिन में वे लोग उसे अनसुना कर चले गए थे
उसने एक बार फिर बोलने की
कोशिश की : मालिक ! मेरे बच्चे···
मेरा इंतज़ार कर रहे हैं—मुझे मत मारो !

सुबह औरत वहाँ नहीं थी
सिर्फ दो आँखें थीं
कोटर में धँसी हई—उसी तरह बेचैन
और प्रतीक्षारत···

कोई-न-कोई नज़र आएगा और उन्हें घर तक
पहुँचा देगा

काफ़ी देर बाद
एक कौआ आया और उन आँखों को निकालकर
ले चला

सत्ताईस कोस के फ़ासले पर औरत का घर था
बच्चे थे
पता नहीं क्या-क्या था
मैंने बहुत जानना चाहा, पर माँ ने कहानी का अंत
नहीं बतलाया
अब कोई कैसे मालूम करे कि उन आँखों का
क्या हुआ, कौए कहाँ गया, अगली दावत के लिए
जानवरों ने किसको चुना और सबसे अहम सवाल
तो यह कि लायक बेटों ने समूची बस्ती को
बदले के
लिए तैयार किया या नहीं !

गिलहरी के लिए

गाछ पर चढ़ती उतरती है। कि जाने
क्या-क्या कुतरती है
गिलहरी

धूप और छाया के। अलग-अलग परदे।
उन्हें हिलाती है। खींचती है अपनी
रफ़्तार के साथ। बातें करती है
एक तिनके से। घंटों।
कि जहाँ-जहाँ सुस्ताती है। कुछ ताज़गी
कुछ हलचलें। छोड़ जाती है।

लेकिन गिलहरी को नहीं पता। कि उसे कोई
देख रहा है। आँखें आधी बंद आधी खुली।
कि पसरा हुआ घास पर। सुस्त
और टूटा हुआ। वह। उस चुस्त
गिलहरी से जुड़ना चाहता है।

कैसे। हाँ कैसे मालूम हो गिलहरी को
कि वह किसी के लिए
क्या हो गई है। कि उसने अपने आसपास
एक गुनगुना जलगान रच दिया है। कि दूसरे
उसे गा सकें। नहा सकें
निर्मल झरने में।

—कुमार विकल

दुखी दिनों में

दुखी दिनों में आदमी कविता नहीं लिखता
उन दिनों वह बहुत कुछ करता है
लेकिन कविता नहीं लिखता

दुखी दिनों में आदमी
दिन की रोशनी में
रोने के लिये अँधेरा ढँढ़ता है
और चालीस साल की उम्र में भी
माँ की गोद जैसी
कोई सुरक्षित जगह खोजता है।

दुखी दिनों में आदमी बहुत कुछ सोचता है
मसलन, झील के पानी की गहराई
शहर की सबसे बड़ी इमारत की मंज़िलें
और साथ ही साथ
एक ख़ामोश भाषा में चीख़ता है
कि मेरे सारे प्रियजन
झील पर एक मज़बूत बाँध बनकर खड़े हो जायँ
इमारत में चलती लिफ्ट को रोक लें
लेकिन प्रियजन तो पेड़ होते हैं
छाया देते हैं
हवा से दुलरा सकते हैं
बाँध तो आदमी खुद ही बनता है।
दुखी दिनों में आदमी
एक मज़बूत या कमज़ोर बाँध तो बनता है
लेकिन कविता नहीं लिखता।

दो

तुम जो वर्षा में भीगते हुए
एक बुलबुल की तलाश में रहते हो
क्यों नहीं
उस गौरय्या को
एक साँवली चिड़िया का नाम दे देते
जिसने अपना घोंसला
ठीक तुम्हारी नींद के पास बना रखा है।

क्या तुम जानते हो
कि चिड़ियाँ भी बारिश में भीगना चाहती हैं ?

—ऋतुराज

वह

उदासी में डूबा है
उसका स्याह चेहरा
गालों की उभरती हड्डियों पर फैली
इस बीमार सुर्ख़ मुस्कान के लिए
मेरे पास पिछली स्मृतियों के
हवासिल हैं उड़ाने को।

वह माँ बनने से पहले
तैरती हुई प्रवासी मुर्ग़ाबी जैसी
जीवन्त और सहमी थी
लेकिन
अब सूखी पहाड़ी की तरह
हमले की चिन्ता से डरी हुई है
इस सकपकाई शाम में
आलू छीलती।

उसे बार-बार भ्रम होता है
कि मैंने उससे कुछ कहा है
पानी माँगा है या कुछ और।
अब सुनाई नहीं देती है
अतीत की उमंग-भरी वह सीटी
सिर्फ़
भीतर एक अनजाने शहर में धँसे
रात की संक्षिप्त बातचीत होती है
जिसे
गृहस्थी कहा जा सकता है।

वेणुगोपाल—

ख़तरे

ख़तरे पारदर्शी होते हैं
ख़ूबसूरत
अपने पार भविष्य दिखाते हुए।

जैसे छोटी-सी गुदाज़ बदन वाली बच्ची
किसी जंगली जानवर का मुखौटा लगाए
धम्म से आ कूदे हमारे आगे
और हम डरें नहीं
बल्कि देख लें
उसके बचपन के पार
एक जवान खुशी
और गोद में उठा लें उसे

ऐसे ही कुछ होते हैं ख़तरे
अगर डरें तो ख़तरे और
अगर नहीं तो भविष्य दिखाते
रंगीन पारदर्शी शीशे के टुकड़े।

देखना और सुनना

देखने के नाम पर
मेरे पास सिर्फ यह अँधेरा है
जो बढ़ता ही चला जा रहा है

लेकिन सूनने के नाम पर
ढेर सारी किलकारियाँ हैं

घुटनों के बल
खिसक-खिसक कर आते हुए बच्चे की।

मैं जो कुछ भी देख पा रहा हूँ
वह आज है।
लेकिन जो सुन रहा हूँ
वह आने वाला कल है।

अजितकुमार —

ज़रूरत

मेरे साथ जुड़ी हैं कुछ मेरी ज़रूरतें
उनमें एक तुम हो।

चाहूँ या न चाहूँ :
जब ज़रूरत हो तुम,
तो तुम हो मुझमें
और पूरे अन्त तक रहोगी।

इससे यह सिद्ध कहाँ होता कि
मैं भी हूँ तुम्हारे लिए
उसी तरह ज़रूरी।

देखो न !
आदमी को हवा चाहिए ज़िन्दा रहने को
पर हवा तो
आदमी की अपेक्षा नहीं करती,
वह अपने-आप जीवित है।

डाली पर खिला था एक फूल,
छुआ तितली ने,
रस लेकर उड़ गई।
पर
फूल वह तितलीमय हो चुका था।

झरी पँखुरी एक : तितली।
फिर दूसरी भी : तितली।
फिर सबकी सब : तितली।
छूँछे वृन्त पर बाक़ी
बची ख़ुश्की जो : तितली।

कोमलता
अंतिम क्षण तक
यह बताकर ही गई :
'मैं वहाँ भी हूँ,
जहाँ मेरी कोई ज़रूरत नहीं।'

असद ज़ैदी—

आयशा के लिए

घर तुम्हारा एक चिराग़ था
दूर से देखा हुआ
वह अब भी वहीं होगा
रेल जब जंगल से जायेगी
बारिश जब पानी लायेगी
अन्दर लोग होंगे पसीने से सराबोर
और बाहर बस धूल उड़ायेगी
किसी छोटी रात में

सीढ़ियों पर मिलेगा कोई मामूली सिक्का
या कोई बिल्ली रास्ता काट जायेगी
तुम्हारा घर मुझे फिर दिखाई देगा
एक पेड़ उसके ऊपर तना हुआ
एक खंडहर वहाँ बनता हुआ
घर तुम्हारा एक चिराग़ था
दूर से दूर जाता हुआ।

आकाश के उसी रंग के नीचे

मैं माँ से मिलता हूं
आकाश के उसी रंग के नीचे

रास्ते में आते एक जगह देखा
कौआ रोटी खाता था

रास्ते में मुझे मिला लड़का
जो मेरा बचपन-के-ज़माने का दुश्मन था—
इतनी पिटी हालत में
कि उस पर व्यंग्य तक नहीं किया जा सकता था
पर वह हँसता था अब भी
और मैं बेचैन होता था अब भी
नाराज़ हालाँकि अब नहीं हो सकता था

रास्ते में एक जगह देखा।
कौए को दीवार पर बैठे रोटी खाते हुए
फिर जगह-जगह वही दिखाई देता रहा
रास्ते भर

कौआ रोटी खाता था
दायें पैर का अंगठा बार-बार चिल्लाता था—घर
घर-घर-घर

मैं माँ से मिलता हूँ
आकाश के उसी रंग के नीचे।

मंगलेश डबराल—

आवाज़ें

कुछ देर बाद
शुरू होंगी आवाज़ें
पहले एक कुत्ता भूँकेगा पास से
कुछ दूर से हिनहिनायेगा घोड़ा
बस्ती के पार सियार बोलेंगे
बीच में कहीं होगा झींगुर का बोलना
पत्तों का हिलना
बीच में कहीं होगा
रास्ते पर किसी का अकेले चलना
इन सबसे बाहर
एक बाघ के डुकरने की आवाज़ होगी
मेरे गाँव में।

—परमानन्द श्रीवास्तव

उसकी पहचान

जब भी उसके चेहरे को याद करता हूँ
चेहरा पहचान में नहीं आता

पहचान में नहीं आती उसकी अप्रत्याशित देह
जो पारे-सी बिखर जाती है।

टूटे हुए असंख्य चिह्नों को समेट कर मैं
एक मुकम्मल चीज़ बनाना चाहता हूँ
जैसे कि उसे संपूर्ण पाना चाहता हूँ

पर वह इस तमाम हुनर के चंगुल से छूटकर
चली गई है

और मैं जब भी उसे बनाऊँगा
यह सोचकर ग्लानि होगी
कि मैं अपने को ही बना रहा हूँ।

देवेन्द्रकुमार—

आसमान

ठीक सिर के ऊपर
आसमान में,
चुनौती के रूप में। तनकर
खड़ी है,
एक पतंग।

अभी क्या,
थोड़ी देर बाद देखना
कैसे-कैसे बदलता है
शाम के चेहरे का रंग।

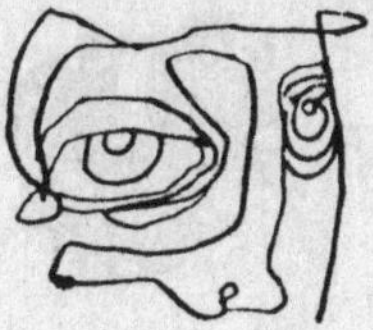

—प्रयाग शुक्ल

लड़की

सूनी लंबी गली में वह लड़की जा रही है
मैंने उसे पहली बार देखा है।
इस गली से भी मैं महीनों में गुज़रता हूँ।
लड़की जा रही है
उसके ओठों पर रोंये हैं
उसके बाल हवा में उड़ते हैं
उसकी चाल अपनी ही चाल है।

एक बहुत पुराना मकान है यह
उसकी काई जमी दीवार है लंबी
लड़की उसी दीवार के पास से जा रही है
अब ओझल होने के लिए।

यह गर्मियों का कोई दिन है
अब शाम
मैं आकाश की ओर देखता हूँ।
फिर लड़की की ओर
वह मुड़ रही है दूसरी गली में
उसके बाल हवा में उड़ते हैं।

सूनी गली में अब केवल
मैं हूँ। मैं यानी कई वर्ष।

दूधनाथ सिंह—

आवाज़

कभी दर्द दो हज़ार वर्ष पीछे होता है—कभी
दो हज़ार वर्ष आगे
इतिहास की नसें चिटख़ती हैं तडातड़—जैसे
ठंडे पानी में सूरज की किरणें चिटख़ती हैं
कहाँ है वह वर्तमान जो तुम्हारा है कबि?
किधर से आयेंगे लोग—जो तुम्हारे हैं ?

ख़ूब फैलाव है पहाड़ों तक—काले समन्दर तक
चमचम सहराओं तक—ख़ूब फैलाव है
जहाँ से आरपार देख सकते हो तुम।
यह दर्द तुम्हें ख़त्म कर देगा
यह जानने का दर्द तुम्हें/ख़त्म कर देगा।

तब आयेगी बारिश पेड़ों को धोती
पहाड़ों पर कोड़े सटकारती
काले आदमियों का रंग गहराती
लगाम-कसे बादल-घोड़ों के जबड़ों से फेन चुआती
और (संभव है) आयेगी धुआँधार रेत चमचमाती
और आएगी खूनी बहार उसके बाद।

लेकिन ख़त्म कर देगा
यह चिटख़ता हुआ दर्द—तुम्हें
ख़त्म कर देगा।

—विनोदकुमार शुक्ल

समुद्र

घर से दूर
समुद्र के किनारे
टहलता हूँ बस
कोई डूबने आए
तो उसे रोक दूँ
जैसे मैंने अपने को रोका।
फिर मिला भाई
उसके पीछे
दौड़ी बहन आई।
यह समुद्र तो बहुत बड़ा लेकिन।
कितने मीलों तक फैला।
मैं क्या करूँ
समुद्र को कैसे पाट दूँ ?
बजाय टहलने के
मैंने रेत में दौड़ना शुरू कर दिया।
ज़िन्दगी में काम हुआ
बहुतों से दोस्ती
बहुतों से मिलना हुआ।
दौड़ते हुए समुद्र को
इतना छोटा कर देना है
कि उसके चारों तरफ
चौकस नज़र रहे।
दोस्तों की संख्या बढ़ाकर
दुश्मनों को घेर लेना है।

अब्दुल बिस्मिल्लाह—

षड्यंत्र

जंगली पेड़ों के बीच
वह आदमी
अचानक उग आया है
और पेड़ों को
झिंझोड़ रहा है।

अचानक पेड़ों के कहकहों से घबराकर
वह अपना शरीर नोचता है
लेकिन शरीर ने
इस तरह नुचने से इनकार कर दिया है
और उसे बताया है
कि मैं एक मैदान हूँ
जिसमें तुम खेल रहे हो
मैदान को नोच कर
तुम अपनी क्रीड़ा को कायम नहीं रख सकते
पेड़ों ने पुनः कहकहा लगाया है
और उसे लगा है
कि यह सब एक षड्यंत्र है।

फिर वह अपने इस तरह उग आने के बारे में
सोचता है
और पेड़ों के विरोध में नारा लगाता है
लेकिन जवाब में एक झनझनाहट के अतिरिक्त

वह कुछ नहीं सुनता
और पाता है
कि उसके वस्त्र तार-तार हो रहे हैं
वह अपने शरीर को छिपाता है।
पर शरीर ने छिपने से इनकार कर दिया है
वह कहता है
कि वस्त्रों से मैं बड़ा हूँ
उनके लिए मैं नहीं, मेरे लिए वे बने हैं
मुझे चरित्र न समझा जाय
चरित्र तुम हो, जो मुझमें खेलते हो।

वह अपने को पराजित महसूस करता है
और पेड़ एक बार फिर कहकहा लगाते हैं
अब वह पेड़ों के विज्ञान पर सोचता है
और देखता है
कि एक मैदान के केन्द्र में
शिराओं की तरह वे फैले हैं
और वह धीरे-धीरे निरर्थक हो रहा है
षड्यन्त्र के मैदान और पेड़ नहीं
वह स्वयं साबित होता है।

मणिका मोहिनी —

अर्थ

तुम्हारी आँखों में मैंने
अपने लिए
अनेक अर्थ ढूँढे थे
मुझे अर्थ का मिल जाना ही
तो तुम्हारे लिए अनर्थ हो गया

—भूपेन्द्र ब्रार

बरसात

बरसात घेर लेती है
अखबार बेचते बच्चों को
गिरती है उनके दिनों से कहीं तेज़
उनके कन्धों पर
बच्चे कुछ कह नहीं पाते
बस, भीगते हैं अन्दर तक
जहाँ वे ख़ाली थे
जहाँ वे बहुत ख़ाली थे
अख़बार बेचते हुए।
भीगते हुए वे लपकते हैं
बगल में दबाए पीछे छूटे स्कूल,
कारों के शीशों में झाँकते, वे
फलाँगते हैं अच्छे-बुरे दिन।

रामकृष्ण पांडेय—

पानी

पानी, पानी, पानी
बस पानी ही पानी।

यह पानी पड़ने का कोई समय नहीं है
दफ़्तर का है समय कि भागमभाग लगी है
ऐसे में पानी पड़ने का क्या है मानी
पानी, पानी, पानी
बस पानी ही पानी।

झल्लाये-से रामशरण घर से निकले हैं
इसी मुहल्ले में रहते हैं बहत दिनों से
रामशरण जी मन ही मन ये सोच रहे हैं
अबकी काम चलेगा इस छाते से कैसे !

फटा-चिटा जो छाता उन पर तना हुआ है
क्या इसके बल पर वे मौसम काट सकेंगे ?
पर छाता क्यों, सारा जीवन ही ऐसा है
कहाँ-कहाँ वे चिप्पी इसमें साट सकेंगे !

सोच-सोचकर रामशरण जी थक जाते हैं
पर जीवन-पथ पर आगे बढ़ते जाते हैं।

—शलभ श्रीरामसिंह

ताड़ीक्षेत्र : पूर्वाभास

आम के नीचे खड़ी है बैलगाड़ी
और लभनी में उफनती हुई ताड़ी
याद में है फटी साड़ी उसी बिटिया की जिसे
दुलहिन बनाकर विदा करना है चौथ की छट्ठ को
या सप्तमी को···
बराती पाँच हों या दस खिलाना है
ठसाठस···
भले आ जाये ग़श सहकर
कमर पर लात महँगाई लगाये जब
कि अब हर चीज़ की क़ीमत चढ़ी है···
घटी इस तरह से कुछ ग़रीबी
हँसी ग़ायब हुई है हर किसी की
रुलाई आ नहीं सकती कि रोने की नहीं है
बात कोई···ग़रीबी हट रही है···ग़रीबी···
हट···रही···है···
कि ढलने लग गई है उधर
ताड़ी निगलने लग गई है बैल
गाड़ी···कि जलने लग गई है कहीं
गाड़ी ज़हन में···ज़िन्दगी में···

●●●